U0993580

纪伯伦全集

泪与笑

〔黎巴嫩〕纪伯伦 著

李唯中 译

دمعة وابتسامة

中国经济出版社
CHINA ECONOMIC PUBLISHING HOUSE
北京

图书在版编目（CIP）数据

泪与笑 /（黎巴嫩）纪伯伦著；李唯中译 .-- 北京：中国经济出版社，2024.5

（纪伯伦全集）

ISBN 978-7-5136-7640-3

Ⅰ . ①泪… Ⅱ . ①纪… ②李… Ⅲ . ①散文集—黎巴嫩—现代 Ⅳ . ① I378.65

中国国家版本馆 CIP 数据核字（2024）第 011832 号

策划编辑　龚风光
特邀策划　青崖白鹭
责任编辑　王　絮
责任印制　马小宾
封面设计　静　颐

出版发行　中国经济出版社
印 刷 者　三河市中晟雅豪印务有限公司
经 销 者　各地新华书店
开　　本　880mm×1230mm　1/32
印　　张　8.25
字　　数　182 千字
版　　次　2024 年 5 月第 1 版
印　　次　2024 年 5 月第 1 次
定　　价　38.00 元
广告经营许可证　京西工商广字第 8179 号

中国经济出版社　**网址** www.economyph.com　**社址** 北京市东城区安定门外大街 58 号　**邮编** 100011

本版图书如存在印装质量问题，请与本社销售中心联系调换（联系电话：010-57512564）

版权所有　盗版必究（举报电话：010-57512600）

国家版权局反盗版举报中心（举报电话：12390）服务热线：010-57512564

泪与笑

目　录

音乐

泪与笑

◆ 珍趣篇

音乐

音乐

我坐在心上人的身旁，听她谈天。我侧耳聆听，默不作声。只觉得她的声音里有一股力量，令我的心为之颤动，如同触电，使我与自身各奔东西。于是，我的灵魂腾空而起，直上无垠太空，忽看宇宙成梦，又见躯体似狭窄牢笼。

一种奇妙的妖术迎合我那心上人的声音，打动我的感情。她的话已让我感到心满意足，竟令我淡忘了她的音声。

众人，她就是音乐。当我的心上人叹息时，我听到了那音乐，不久又听到一些话语，听到她边说边发出轻轻的笑声。我时而听她发出断断续续的字眼，时而听她道出连续不断的词句，时而听她吐出几个词语，且尚有一半留在双唇中。

心上人心中的激情，我亲耳听到，致使我顾不上仔细琢磨那些话语的本质，只能倾心欣赏她那体现为音乐情感的精髓，那就是灵魂之声。

是的，音乐是灵魂的语言，曲谱是拂动情感琴弦的和煦惠风。音乐是纤细的手指，敲开情感的门扉，唤醒昔日的记忆，将漫漫长夜包裹着的、为过去带来影响的桩桩事件公布于众。

音乐是细腻的和声，被谱写在想象力的册页上。悲乐是犹豫和痛苦时刻的记录，欢歌是吉祥与快乐时辰的回忆。

音乐是一组悲哀之声，听到它，你会停下脚步，令你的胸间充满苦闷和忧烦，向你描绘幽灵般的不幸与辛酸。

音乐是一组欢乐之歌，领悟它，你的情感会被牢牢吸引，致使你的心在胸间舞蹈翩跹。

音乐是琴弦的响声，它带着情侣心中的波澜进入你的耳际。或许因情人远在天边，相思之情使你的双眼涌出焦灼的泪珠；或许因灾星的牙齿给你造成伤口的疼痛，令你泪如泉涌；或许你的双唇间溢出微微笑意，真实地显现你的幸福与快慰情怀。

音乐是临终者的躯体，既具有源自精神的灵魂，又有出自心田的意识。

* * *

人类出现了。我启示人类，音乐是一种天降的语言，与其他语言不同，而是将埋在心里的东西诉说给心，因此它是心灵的私语。它像爱情，影响遍及众生。柏柏尔人在沙漠里用它歌唱，歌声震撼了宫中君主的两肋。丧子的母亲把它融入自己的号丧之中，它是令无机物之心碎裂的哭声。欢喜的人们把它播撒在自己的欢乐里，它是令遭难者开心的歌声。它像太阳，因为它用自己的光辉复活了田野上的一切花木。

音乐像明灯，赶走了灵魂里的黑暗，照亮了心田，心底因之见天。我的天命里的乐曲是真实个性的影子，或是活的感官的幻想；灵魂就像一面镜子，竖立在一切存在事物及其变化之前，那些影子的形象及幻想的图像都会映入镜中。

灵魂是揣测风口上的一朵柔嫩的花，晨风能够吹拂动它，露珠会拗弯它的脖颈。同样，鸟儿的鸣唱能够把人从漫不经心的状态中唤醒，让其侧耳聆听，仔细体会，和鸟儿一道赞美鸟儿的甜蜜歌声及其柔情的创造者——智慧之神。鸟鸣声在人的思想中激起一种力量，使人问自己及周围的一切：那只微不足道的小鸟儿向他秘密吐露了些什么，又是什么拨动了他情感的琴弦，并且把前人著作的内涵揭示给他？他想问小鸟是否和田野里的花儿说过话，或者与树枝条儿聊过天，或曾否模仿过淙淙流水声，或曾否与大自然把杯对饮，但却没有办法得到回答。

人不知道高站枝头的鸟儿在说什么话，不晓得淌在石上的溪流在唱什么歌，更不明白从容缓慢来到海岸的波浪在抒什么情。人不理解雨点落在树叶上，或用它那轻柔的手指敲击玻璃窗时在讲什么。但是，人却觉得自己的心能理会这所有声音的意思，故时而因高兴而兴奋激动，时而又因忧伤而惆怅叹息。那声音用暗语与人交谈，那暗语则是人类出现之前由智慧所创造的。人的灵魂与大自然交谈过数次，而人却站在那里，瞠目结舌，也许用泪水取代了言语，因为眼泪是最得力的翻译家。

*　　*　　*

朋友，和我一道走吧！到记忆的剧场去，在岁月卷起的国度里访问音乐之家。来呀，看看音乐给人类的每一个时代所带来的影响吧！

迦勒底人和埃及人把它当作伟大的神灵，对之顶礼膜拜，为之高唱赞歌。我相信波斯人和印度人将之视作上帝在人间的真正灵魂。波斯人说过一段话，大概意思是：音乐是天上的仙女，因恋上世间一凡人，于是自高天下凡，与情人相会……众神灵得知此事，勃然大怒，遂派风神追赶，顷刻之间将她撕了个粉碎，又将碎片遍撒天空和世间各个角落。虽然如此，但仙女灵魂未死，仍然活着，在人类的耳际间安居下来。

印度一哲人说：“乐曲的甜美坚定了我关于美永恒存在的希望。”

在希腊和罗马，音乐是大力神，并且为之建造了宏伟庙宇，人们至今仍向我们谈起庙宇规模及宽敞祭台，通常供上最佳祭品，焚上最芬芳的香火。人称此神为“阿波罗”，人们竭尽才能描绘他，把一切优点都集中在他的身上。他像挺立在河道中的巨树，左手抱吉他，右手抚琴弦，头高抬代表雄伟，双目远视似在观察万物深处。

人们说，阿波罗的琴弦声是大自然的回声。那悲壮的弦声是从鸟儿鸣唱、水的流动、微风叹息和树枝沙沙响声中采集而来的。

他们的神话里有这样的传说：音乐家奥尔菲尤斯的琴声打动了动物的心，于是猛兽和植物紧紧随之，鲜花向之伸出脖颈，树枝对之弯腰，就连无生物也纷纷动起来，然后碎裂开来。

他们说，奥尔菲尤斯丧妻，因而痛哭不止，深情悼念，直至他的哀曲充满旷野，大自然和他一道落泪，终于打动了神灵的心。神灵怜悯音乐家，为他打开永恒世界的大门，以便让他与妻子在灵魂世界里相会。

他们说，司灾难的女妖杀死了奥尔菲尤斯，将他的首级和吉他抛入大海，然而音乐家的首级及吉他却浮在海面上，一直漂游到一个岛，希腊人称此岛为“歌岛”。

他们说，自那时起，漂浮音乐家奥尔菲尤斯首级及吉他的海浪响声变成了动人的哀号和悲壮的乐曲，弥漫整个太空，传入每位航海人的耳际。

这是那个国家失去尊严之后的话，被我们称为传奇神话，其根源是幻想，是描述才华所创造的幻梦。可是，它毕竟是一种传说，证明音乐在希腊的影响是深刻而巨大的。他们那样说，原因在于他们断定那种说法可信。我们把那种说法称为诗的夸张，其根源是多情善感、爱美心切。这也是诗人的习惯和常规，对我们又有什么不好呢！

亚述人的遗迹为我们提供了若干图画，画面上描绘的是帝王队伍行进、乐队做先导的场景。他们的历史学家向我们谈起音乐。他们说，音乐是晚会的高贵标志，音乐是节日的幸福象征。不错！没有音乐，幸福就是被割去舌头的姑娘。音乐是地球上所有民族的语言，所有民族无不用歌赞美自己崇拜的女神，无不以曲颂扬自己所崇拜的一切。圣歌——在当前——像祈祷一样，是教堂和寺庙里必先进行的一种礼仪，像奉献给神圣力量的火祭仪式一样。圣歌是神圣的火祭仪式，其出发点是心中的情感。圣歌是精心提炼过的祷词，是情感震荡的完成品。圣歌是自由呼吸，不是人咽气前的那种呼吸，而是大卫国王的懊悔所激起的那种佯装高雅的呼吸，于是国王的歌声遍布巴勒斯坦大地，其悲凉情思创造出动人心弦的哀曲，其根源则是忏悔时的激动和灵魂的忧伤。作为他与上帝之间的媒介，《大卫诗篇》诞生了，他要求上帝宽恕他的疏忽之罪。仿佛他的吉他声发自他那悲碎的心中，和着他的眼泪，流到他的手指上。他那手指的动作，在上帝和人那里都是伟大的。他说："赞美主吧！用喇叭声赞美主吧！用长笛和吉他赞美主吧！用大鼓和铃鼓赞美主吧！用弦琴和风琴赞美主吧！用镲和钹赞美主吧！用欢呼赞美主吧！让每一个生灵都赞美主吧！"游记中说，有一天使由天而降，在世界各地吹起喇叭，于是众幽灵闻声而苏醒过来，穿起衣服，出现在虔诚教徒面前。游记作家极度称赞音乐，将之置于上帝派驻到人类精神世界使者的地位。作家的话是自我情感的表白，也是符合同代人信仰的说法。

伊本·白什尔的悲剧开头写道：弟子们到橄榄园去抓他们的老师之前还进行过祈祷。我似乎现在还听得到那发自悲伤灵魂深处的圣歌；那悲伤灵魂看到了即将降临到和平使者头上的灾难，于是哼出示意告别的、令人难忘的歌声。

* * *

音乐先于部队进入战场，能够振奋战士们的斗志，增强部队战斗力。音乐像一种引力，使部队团结一致，凝成一支永不分散的队伍。音乐不像诗人那样，无须在奔赴战场时带着文稿；也不像演说家，要有笔与书做伴；而是作为伟大统帅，统领着大军，给他们那虚弱的体躯里注入难以形容的巨大力量和热情，让他们的心中充满必胜信念，使他们勇于压倒饥饿、干渴和征途疲累，奋起全身力量前进，向着敌人的阵地冲去，个个勇往直前，人人视死如归。音乐就像人一样，用宇宙间最神圣的东西，踏平宇宙间一切罪恶。

音乐是孤独牧羊人的伙伴。牧羊人坐在羊群之中的一块石头上，用芦笛吹上一曲，羊儿深会其意，放心吃起青草。芦笛是牧羊人的亲密朋友，终日不离其腰。芦笛是牧羊人的可爱伴侣，能使山谷间可怕的沉寂为人烟稠密的牧场所代替。芦笛以其感人的曲调消除寂寞，让空气中充满温馨与甜润气息。

音乐引导着旅行者的驼轿，可以减轻疲劳，缩短旅行路程。良种骆驼只有听见意在驱赶骆驼的歌咏声，方才在沙漠上前进。驼队里的骆驼只有脖子上挂着铃铛，方才肯于负重上路。因此，当代的多智之士用乐曲和甜美的歌声训练猛兽，那就不足为怪了。

* * *

音乐伴随着我们的生命，和我们一起度过生命的各个阶段，与我们同悲共欢、同甘共苦。在我们欢快的岁月里，它像见证人一样站在我们面前；在我们苦难的日子里，它像近亲一样守护在我们的身边。

婴儿自幽冥世界来到人间，接生婆及亲戚们用欢乐、欣喜、愉快的歌声迎接；当婴儿看到光明时，便用啼哭向助产士和亲人们致意，而他们则报以欢呼、喝彩，仿佛在用音乐与时光竞赛，以期让婴儿理会神的睿智。

乳婴啼哭时，母亲走过去，哼起洋溢着怜悯之情的歌儿，乳婴顿时终止哭声，因母亲那凝聚着怜情厚意的歌声而由衷快乐，片刻便进入甜蜜梦乡。母亲口中的摇篮曲里有一股力量，示意困神迅速关闭上乳儿的眼帘。那乐曲伴着寂静，使之更加甜润，抹去了它的可怖，使之充满了母亲慈爱的温馨，直至乳儿战胜失眠之苦，魂游精神世界。假若母亲用西塞罗的语气说话，或读读伊本·法里德[1]的诗句，婴儿是不会入睡的。

男子选定自己的生活伴侣，两个灵魂用姻亲关系结合在一起，完成当初智慧之神写在两颗心上的叮嘱，于是亲朋们聚在一起，唱着歌奏着乐，为新人婚礼做证。在我看来，婚礼之日的乐曲像是一种可怕的声音，其中掺杂着甜蜜成分；又好像一种赞美上帝创造生灵的声音；也像那么一种声音，正在唤醒沉睡的生命，令其起来行走，伸展蔓延，弥漫大地。

死亡是生命故事的最后一页。死神到来时，我们可以听到哀乐，可以看到哀乐让空中布满悲伤幽灵。在那令人悲伤的时刻，灵魂离开这个美丽世界的海岸，丢下谱曲者和号丧者手中的物质庙宇，游向永恒大海。人们以忧伤、遗憾语调哀叹，给遗体裹上湿土，用歌与乐为之送殡；歌和乐中饱含抑郁、悲凉、苦闷、烦恼和焦灼之情。人们又以乐曲和歌声为之扫墓添坟，土上堆土；纵使尸体腐烂，只要心总是想念着过世的人，那么，逝者的声音也便永远响在世人的躯体中。

* * *

我和他坐在一起，上帝单单给予他以甜美的声音，赐予他通晓

---

[1] 伊本·法里德（1181或1182—1235），叙利亚诗人，他对苏菲派神秘主义的表述被认为是阿拉伯语中的佼佼者。其代表作有《神秘的进程》《酒颂》等。

吟唱和节奏哲学。我看到人们在他的四周，个个屏住呼吸，人人侧耳聆听，凝神注目，鸦雀无声，如同降服于一位力大无穷的诗人，诗人在向他们吐露世间奇秘。直至他哼完一曲，人们方才仰脖长叹一口气——哎！——哎！那叹息声发自乐曲所激起的情感波澜翻滚的心中，只有长叹才使人觉得舒展一些。“哎”，这是记忆唤起的干渴之心呼出的声音；“哎”，一个小词儿，却包含着一段长话。“哎”，出自听歌人的口中，并非出自观看歌手面孔的人，而且是侧耳倾听把断续呼吸声串成歌的人发出的叹息声；那呼吸向他展示了他自己过去生活的篇章，或者泄露他心中隐藏的秘密。

我多么留心观察听者那敏感的面孔，但见时而神气沮丧，时而轻松舒展，总是伴随着音乐曲调的变化而变化。我用听者的天性找到了他的性格特征，又通过他的外表让他的内心讲出了话。

音乐像诗歌和绘画，能够描绘人的种种情感，描绘人的种种心境，说明灵魂的幻想，表示心底的希冀，叙述躯体的欲望。

纳哈万德

“纳哈万德”描述情侣分别、告别祖国之情，描写来自逝去亲人的最后一眼，描绘心中因思念而产生的剧烈痛苦情感。“纳哈万德”是发自忧伤灵魂深处的一种声音；是被抛弃的人，在他被疏远折磨得精疲力竭之前，乞求怜悯他的最后一息所形成的一种曲调。“纳哈万德”是绝望者的长叹，纯系灾难铸成；是沮丧者的长叹，全由万般无奈、忍无可忍者的忧伤发出。“纳哈万德”描绘秋天，其时黄叶平静、从容地飘落而下，和着金风起舞，散落四方。“纳哈万德”是母亲的祈祷，因儿子远去异土他乡而彻夜难眠，心中充满失望情感，只有忍耐和希望陪伴着自己。“纳哈万德”不只是包含一种意思，而是包含着许多意思，包含着心与魂能够理会的许多秘密；那许多秘密，口舌难以述完，笔墨休想穷尽。

伊斯法罕

我亲耳听赏过“伊斯法罕”，并且亲眼看过病入膏肓的一位恋人故事的最后一章。他的情人死了，希望断绝了，他不停发出长吁短叹声，用尽身上最后一点力气号丧，以生命的最后一息哀悼。“伊斯法罕”是站在生命海岸与永恒大海之间死亡船上的争辩者的最后一息。“伊斯法罕”是一种曲调，其回声是掺杂着死亡与悲哀的苦涩，是泪水混合着忠诚的甘甜寂静。

如果说“纳哈万德”是有某些生存希望者的一种希冀，那么，“伊斯法罕”则是希望断绝之人的呻吟。

萨巴

听赏过“萨巴”曲，我们那被乌云遮罩的心便会苏醒过来，继之在胸间舞动。“萨巴”是欢乐乐曲，令人忘掉自己的忧愁，继而要酒，异常津津有味地饮之，无尽无足，仿佛意识到欢乐之美酒在同他的酒兴竞赛，裁判是理性。“萨巴”是快活钟情者的谈论；他曾与时代搏斗，被迫屈从于分离的命运。静夜独处使他感到无比幸福。在遥远的田野里得以见到美丽少女，相会给他带来欢乐与快慰。“萨巴”像微风，轻轻吹过之时，田野上的花因之摇曳，去意徘徊，得意忘形。

莱斯德

在万籁俱寂的夜里，“莱斯德”能够深深打动人的情感，述说一封信的巨大作用。那封信来自一位高朋，因遥居远方，消息中断许久；因为收到来信，心中希望复苏，渴求见上一面。我觉得唱“莱斯德”曲的人仿佛在报告黑夜即将过去，黎明就要到来。有人说：“黑夜结束，整装待发。”

在巴勒贝克责怨诗中有一首介于斥责痛骂之间的温和责怨诗，其曲既有动人心弦的“纳哈万德”风格，又含欢快的“萨巴”曲的味道，故其对灵魂所产生的作用二者兼容并包。

* * *

现在，我已写下这么多文字。我看我像个孩子，从上帝创造第一个人时天女所唱的一首长歌中抄录了一个词儿，或者像个文盲，从时代开始之前智慧之神写在感情册页上的书中，背记了一句话。

音乐，神圣的奥特里比[1]，你的艺术姐妹往日曾手舞足蹈过一段

[1] 奥特里比，古希腊音乐之神的新娘。

时间，后被置入遗忘的堡垒中，而你嘲笑她们，但一天也未曾退出灵魂舞台。仿佛你是亚当第一次与夏娃亲吻的回声。回声自有回声，回声还有回声，不停流动，不住转移，包围一切，复活一切，令劳者乐意劳作，让天赋准则用听觉愉快地接受它的恩赐。

啊，音乐，灵魂和爱情的女儿！啊，爱情苦汁与甜浆的容器！啊，人类心灵的幻想！啊，悲伤之果，欢乐之花！啊，情感花束里散发出来的香气！啊，情侣的口舌，恋人间秘密的传送者！你能把思想与语言统一起来，你能把动人的美编织成情感。你是心灵的美酒，饮者可以升入理想世界的至高处。你是大军的鼓动队，你是崇拜者灵魂的净化者。携带着灵魂幻影的以太，慈悲、温和的大海啊，我们把自己的灵魂交给你，把我们的心寄存在你的深处，请求你把我们的灵魂和心带到物质以外，让我们看看幽冥世界隐藏的一切吧！

灵魂的感情啊，你增殖繁衍吧！心里的情感呀，你增多生长吧！举起你的手，为这位伟大神灵建筑庙宇吧！灵感之神啊，请你降到诗人的心上，为他们的才智宝库注入对这位伟大神灵的赞美词语吧！画家、雕塑家的想象力啊，丰富再丰富一些，提高再提高一步，为这位伟大神灵造像塑身吧！

地球上的居民们，款待这位伟大神灵的牧师、修女吧！为它的崇拜者祝贺节日，给他们建造塑像吧！众民族，顶礼膜拜吧！向奥尔甫斯[1]、

---

[1] 奥尔甫斯，古希腊传说中的英雄，有超人的音乐天赋。他的歌声和琴韵十分优美动听。只要他一唱歌弹琴，各种鸟兽木石都会围着他翩翩起舞。

大卫[1]和穆苏里[2]致敬问安吧！隆重纪念贝多芬[3]、费厄尼尔和莫扎特[4]吧！叙利亚，请您以沙克尔·阿勒比的名义歌唱吧！埃及，请您以阿卜杜·哈穆里[5]的名义歌唱吧！神圣的宇宙，请您大一些，再大一些，让他们的名声播撒在你的天空，让空气中充满纯美的灵魂，教人们用眼看，用心听！阿门。

---

❶ 大卫（1810—1876），法国作曲家。

❷ 穆苏里，伊斯兰帝国拉希德王朝的宫廷歌手。

❸ 贝多芬（1770—1827），德国作曲家，被认为是有史以来最伟大的作曲家。

❹ 莫扎特（1756—1791），伟大的奥地利天才作曲家，维也纳古典乐派的中心人物。

❺ 阿卜杜·哈穆里（1845—1901），埃及19世纪著名歌唱家、作曲家。

泪与笑

献给

M. E. H.

这本书是我的生活暴风的第一丝微风，

谨将之献给热爱微风并与暴风同行的高尚灵魂。

纪伯伦

导读

李唯中

纪伯伦生平道路坎坷，三次恋情均未修成正果，体弱多病，逝世于纽约，年仅 48 岁。世人给予他及其作品评价之高，却是许多人难以望其项背。

1902 年之后的六年中，纪伯伦经历了一系列悲剧：准备返美时得知妹妹苏尔丹娜死于肺病。1903 年 3 月，同母异父的哥哥布特鲁斯病逝；同年 6 月，母亲辞世。三位亲人相继离世，给纪伯伦带来的痛苦打击难以用语言表述。但是天意公平，有失必有得，这期间纪伯伦也迎来了命运的转折，在戴伊先生的关怀下举行画展，获女伯乐玛丽·哈斯凯勒资助去巴黎学艺，结识同乡艾敏·欧莱伊卜，在其《侨民报》刊载散文作品，后结集为《泪与笑》问世。

据纪伯伦一位近亲回忆，《泪与笑》中第一篇问世的散文诗是《梦》，并认为“这篇作品的意象蕴含着某种幻灭感”。诗人梦见“在田野上，一条水晶般的小溪畔，我看见一只鸟笼子”，笼子里的鸟因饥渴而死亡，“就像一个富翁，因库房门紧闭，活活被饿死在金山间。”诗人的想象逐步升级，“我看见鸟笼突然变成了一个透明的躯体，死鸟变成了人的心脏”，心脏开始说话：“我是人的心，物质的俘虏，人类世俗法律的牺牲品。”“我是人的心，被囚禁在世俗法规黑暗中。”“已经步入死亡”。诗人的这种蔑视、斥责世俗法律、世俗法规的主题一直贯穿在其后的作品中。

《火书》一文的副标题是英国著名诗人济慈[1]要求刻在自己的墓碑上的文

---

[1] 济慈（1795—1821），19 世纪英国伟大诗人之一。他把短暂的一生献给了借助逼真的意象、极大的感性美和通过神话传说表达哲理而探索诗的完美境界的艺术生涯，主要作品有《睡眠与诗》《伊萨贝拉》等。死于罗马，按照其遗嘱，墓碑上刻着“此处长眠者，声名水上书”。但从阿拉伯文直译，却当译为“其名用水书”。

字：“请在我的墓石上刻下：‘此处长眠者，声名水上书。’”济慈的这一诗句被学者评为“人世虚无观念”，是悲观人生论。中国有句古语：“人过留名，雁过留声。”这句古语就是积极人生的表征，说明“名”“声”不会消失。胡适先生说过：“世上没有白费的努力。”这说明任何“努力”都会留存。纪伯伦在《火书》一文中颠覆了济慈的“人世虚无观念”。对此，纪伯伦一连提出九问，诸如：“莫非这光会熄灭，这爱情会退隐，这愿望会消逝？莫非死神将毁掉我们建造的一切，大风会把我们的一切言语吹走，阴影会把我们的一切作为遮掩？”“难道人就是这样，像大海的泡沫，时而浮在水面，时而被微风一吹便消失，仿佛不曾有过似的？”并且乐观地宣称：“苍穹可容下发自我们心中的每一丝微笑和每一声叹息，并且保存源于爱的每一吻的回音。天使数着痛苦从我们眼角滴出的每一颗泪珠，又把我们情感中的欣喜创作的每一首歌送到遨游在无边无际天空中的灵魂耳里。”“我们现在不报偿的辛劳，将和我们一起生存下去，并将宣扬我们的光荣。”“假若那位善歌的夜莺——济慈——知道他的歌仍然在把爱和美的精神播向人的心灵，那么，他定会说：‘请在我的墓石上刻下：此处长眠者，其名用火书在天幕上。’”这与中国儒学的积极人生观有共通之处。

纪伯伦认定“爱就是大自然”。他在《田野上的哭声》一文中说他在田野上听到惠风在哭，花儿在哭，小溪流水在哭。问它们为何哭，微风说它因炎炎烈日而逃到城里，而“人的有毒气息也将我死死粘住”；花儿则回答说“他们折断我们的脖颈，把我们带到城里去，就像奴隶一样把我们卖掉，可我们都是自由人呀！夜晚来临，我们凋零，他们便把我们扔进垃圾堆里”；溪水说“我情不自愿地流到城里，那里的人却看不起我，用葡萄汁取代我而饮用，只是利用我来承载污垢。我这洁净之体很快就会变得污浊不堪”。作者在用童话故事讥讽人类不能与大自然和谐共处，一意破坏大自然，伤害作者钟爱的大自然。作者在此文末尾发问：“人为什么要毁坏大自然的建树呢？”这正是当下世界面临的环保大题，人类对大自然的疯狂掠夺，大气与水遭遇着严重污染，等等。早在百余年前，纪伯伦就觉察到了保护环境的重要性，借童话提醒世人，难怪黎巴嫩人尊称他为“我们的先知”。

《梦幻》借梦中所见揭露、批判社会的黑暗与不公。站得高才能看得远。女神带着“我”飞上高山顶，示意：“看不到悲伤的人，也便看不到欢乐。”“我”在梦中看到了什么？“我看到祭司们像狐狸一样狡猾奸诈。”“我看到律师们在充满欺骗、虚伪的市场上用啰啰唆唆的话语做生意。”“我看到可怜的穷苦人耕种，强悍的富人则收获、吃喝，而不义不公恶神站在那里，人们却称之为法律。”“我看到宗教被埋在书中，虚妄取代了它的位置。”“我看到人们给忍耐穿上怯懦衣衫，给坚毅号以迟缓，加给温柔以惧怕之名。”“我看到不速之客在礼貌的筵席上装腔作势，夸夸其谈，而应邀者则沉默无言。”那一连串“看到”，几乎触及社会的各个角落，都是现实的悲伤，可谓深刻，令人感到沉痛、失望。但是，最后神女还是给“我”以希望，说道：“这就是心灵之路，铺满荆棘和萤火虫。这是人类的影子。这是黑夜。黎明将要到来。”

民族主义、爱国主义激情也是《泪与笑》的重要主题，贯穿于多篇。《相会》一文通过追溯历史，表现“黎巴嫩青年”与“尼罗河仙女”之间的永恒爱情，目的在于歌颂阿拉伯世界各民族之间的情谊。《世代与民族》则以历史老人的深沉目光，审视民族兴衰，阐述的是一种历史哲学。纪伯伦借世代老人之口，道出：“被你称作‘衰败’的现象，我则称之为‘应有的睡眠’，紧随其后的便是生机勃勃与兴旺发达。”东方“沉睡的雄狮”中国不正是经过“应有的睡眠”而在苏醒、崛起，向着“生机勃勃与兴旺发达”突飞猛进吗？

纪伯伦不仅家国情怀浓烈，而且将祖国、民族与人类共同体观紧密联系。他认为祖国与世界是统一的，而不是对立的。他在《致非难者》中提出“整个大地是我的故乡，所有人都是我的同胞”。在《诗人之声》中进一步表达这种思想：“人类分种族、群体，分属国家、地域。我视自我在某一地区为异乡人，独立于任何一个民族。整个地球都是我的祖国，所有人类家庭都是我的亲戚。因为我发现人已十分弱小，还要自我分割，岂不是自视卑贱！地球本来就很狭窄，还要分成若干王国，岂不是过分愚昧！”所以他说：“我爱故乡，更爱祖国，尤爱祖国的大地。”纪伯伦反对和憎恶假借“爱国主义”之名占领、侵略邻国，屠杀无辜民众。在第一次世界大战前夕，正当民族沙文主义和民族复仇主义的叫嚣甚嚣尘上之时，他发出这样充满理性的呼声，喊出“你是人，我的兄弟，我爱你”这样的口号，充分说明纪伯伦的理智清醒与善良之心所在。这与儒家的“四海之内皆兄弟”有共同之处。

纪伯伦的散文创作不落窠臼，开一代文坛新风。《泪与笑》中最为优美、最有韵味的抒情散文诗，当首推《组歌》中的《浪之歌》《美之歌》等篇章。这几首散文诗婉约清丽，情思交融，晶莹剔透，自然舒畅，行云流水，实属散文诗中的精品，堪称散文诗中的散文诗，是经典、范本，读后让人不忍掩卷，欲背诵之而后快。正如方家点评：“这篇篇佳作，既显示出真实的外在的‘自然’，又显露出清醇内在的‘自然’，并通过从‘自然’中选取的种种意象，将情、理、景融为一体，没有一点斧凿痕迹，确属上乘。”

但是，当艾敏·欧莱伊卜请纪伯伦将刊载在《侨民报》上的零散散文结集成《泪与笑》出版时，他却用两句诗回答他：

那是我生命中的一个阶段，

爱情、抱怨、哭诉已经告结。

并说：“写《泪与笑》的那个青年已经死去，被埋在梦的山谷中，你们又何苦去挖他的坟墓！那个青年的灵魂已转生到一个成年人的躯体，这青年喜爱雄心和才力，爱慕雅致和美，喜欢破坏又喜欢建设，他同时兼为人们的朋友和敌人。”原来自此一个新的纪伯伦诞生了，受尼采“超人”思想影响，进入了一个新的创作阶段。

2022年12月20日于晏如居

小引

我既不用人们的欢乐替换我心中的悲伤，也不想让忧伤在眼里凝成的泪水转而化作欢笑。但愿我的生活亦泪亦笑：泪，可以净洁我的心灵，使我晓知生活的秘密与奥妙；笑，可以使我接近同胞，并成为我赞美主的象征与记号。泪，我可以让它与我共同承担心里的痛苦；笑，可以成为我对自己的存在感到欣慰的外在标志。

我宁愿在充满渴望中死去，不想在萎靡无聊中而生。我希望我的心灵深处充满对爱和美的饥渴。因为我仔细观察过，在我看来，那些无足无尽的贪婪之徒是最可悲的人，更接近于死物。因为我侧耳聆听过，在我听来，满怀雄心壮志者的长叹，远比二三弦琴声甜润。

夜幕降临，花儿收拢自己的花瓣，拥抱着自己的渴望进入梦乡；清晨到来，她又开启自己的香唇，迎接太阳神的亲吻。花的生命是渴望与交往，是泪亦是笑。

海水蒸发，化为水蒸气，升入天空，然后聚而成云，信步在山丘、谷地之上，遇见和风，便泣而降下，洒向田间，汇入溪流，然后回到自己的故乡大海。云的生命是分别与相见，是泪亦是笑。

人也如此，脱离精神世界，走入物质天地，像云一样，走过痛苦高山，跨过欢乐平原，与死神吹来的微风相遇，终于回到原地——爱和美的大海，回到主那里……

爱的生命

春

亲爱的，让我们一起到山丘中走一走！冰雪已消融，生命已从沉睡中苏醒，正在山谷里和坡地上信步蹒跚。快和我一道走吧！让我们跟上春姑娘的脚步，走向遥远的田野。来呀，让我们攀上山顶，尽情观赏四周平原上那起伏连绵的绿色波浪。

看哪，春天的黎明已舒展开寒冬之夜折叠起来的衣裳，桃树、苹果树将之穿在身上，美不胜收，就像“吉庆之夜”[1]的新娘；葡萄园醒来了，葡萄藤相互拥抱，就像互相依偎的情侣；溪水流淌，在岩石间翩翩起舞，唱着欢乐的歌；百花从大自然的心中绽放，就像海浪涌起的泡沫。

---

[1] “吉庆之夜”，伊斯兰教对《古兰经》始降之夜的敬称。“盖德尔”系阿拉伯语音译，意为前定、定命、高贵。“吉庆之夜”译作高贵的夜晚，即“盖德尔之夜”、珍贵之夜、高贵之夜，又称前定之夜或权力之夜。关于盖德尔之夜的具体日期，说法不一。以布哈里所辑圣训为根据的3种说法是：(1)在莱麦丹月下旬的单日之中；(2)在该月的后7天之内；(3)该月的第29夜。另外还有4种说法，其中最后一种说法是：“盖德尔之夜”一词由9个阿拉伯文字母组成，在《古兰经》第97章共出现3次，合起来为27个字母，故应为莱麦丹月的第27夜。因这一说法符合圣训精神，故为世界穆斯林所公认。伊斯兰历以日落为一天之始，而中国穆斯林习惯上沿用公历或中国的农历计日法，故常把莱麦丹月的第28夜误认为“盖德尔之夜”。

来呀，让我们饮下水仙花神杯中剩余的泪雨，让我们用鸟雀的欢歌充满我们的心灵，让我们尽情饱吸惠风的馨香。

让我们坐在紫罗兰藏身的那块岩石后相亲互吻。

夏

亲爱的，我们一起到田间去吧！收获的日子已经到来，庄稼已经长成，太阳对大自然的炽烈之爱已使五谷成熟。快走吧，我们要赶在前头，以免鸟雀和群蚁趁我们疲惫之时，将我们田地里的成熟谷物夺走。我们快快采摘大地上的果实吧，就像心灵采摘爱情播在我们内心深处的种子所结出的幸福籽粒。让我们用收获的粮食堆满粮库，就像生活充满我们情感的谷仓。

快快走吧，我的侣伴！让我们铺青草，盖蓝天，枕上一捆柔软禾秆，消除一日劳累，静静地听赏山谷间溪水夜下的低语畅谈。

秋

亲爱的，让我们一同前往葡萄园，轧葡萄汁，将之储入池里，就像心灵记取世代先人智慧。让我们采集干果，提取百花香精；果与花之名虽亡，种子与花香之实犹存。

让我们回住处去，因为树叶已黄，随风飘飞，仿佛风神想用黄叶为夏天告别时满腹怨言而去的花做殓衣。来呀，百鸟已飞向海岸，带走了花园的生气，把寂寞孤独留给了茉莉和野菊，花园只能将余下的泪水洒在地面上。

让我们打道回府吧！溪水已停止流动，泉眼已揩干欢乐的泪滴，山丘也已脱下艳丽衣裳。亲爱的，快来吧，大自然已被困神缠绕，即用动人的“纳哈万德”歌声告别苏醒。

冬

我的生活伴侣，靠近我些，再靠近我一些，莫让冰雪的寒气把我俩的肉体分开。在这火炉前，你坐在我的身边吧！火炉是冬令里最可口的水果，给我们讲述后来人的前途，因为我的双耳已听厌了风神的呻吟和人类的哭声。关好门和窗户，因为苍天的怒容会使我精神痛苦，看到像失子母亲似的坐在冰层下的城市会使我的心淌血……我的终身伴侣，给灯添些油，因为它快要灭了；把灯放得靠近你一些，以便让我看到夜色写在你脸上的字迹……拿来酒壶，让我们一起畅饮，一道回忆往昔岁月。

靠近我些！我心爱的，再靠近我一些！炉火已熄灭，灰烬将火遮掩起来……紧紧抱住我吧！油灯已熄灭，黑暗笼罩了一切……啊，陈年佳酿已使我们的眼皮沉重难负……困倦抹过眼睑的眼睛在盯着我……趁睡神还没有拥抱我，你要紧紧搂住我……亲亲我吧！冰雪已经征服了一切，只剩下你的热吻……啊，亲爱的，沉睡的大海多么呆傻！啊，清晨又是何其遥远……在这个世界上！

一个传说

在那条河畔，椰子树和柳树荫下，坐着一个农夫的儿子，静静地凝视着淙淙流淌的河水。这个青年自幼长在田间，那里的一切都在谈情说爱：树枝相互拥抱，花儿彼此依偎，鸟雀对歌争鸣。整个大自然都令人精神振奋，赏心悦目。这青年才 20 岁，昨天在清泉边看见一位姑娘坐在众少女中间，一眼便爱上了她，正所谓一见钟情。时隔不久，小伙子得知那姑娘是位公主，于是自我埋怨起来，连声责备自己；但是，自责并未使自己的心放弃那种爱情，久未见面也未能使他的精神脱离现实。

人在自己的心与神之间，就像被夹在南风和北风之间的柔软枝条，摇摇晃晃，原地不动。

青年凝神注视，但见紫罗兰花生长在延命菊花旁边，随之听到夜莺与鴜鸟低声交谈，于是情不自禁，深感孤独，哭了起来。小伙子深深陷入相思的几个时辰，在他的眼前就像幻影一样闪过。他的情感与眼泪同时溢出，不禁说道：

“啊，这是爱情在戏弄我呀！爱情把我当作笑柄，把我引向那样一个地方：在那里，希望被当作耻辱，意愿被视为下贱。我所崇拜的爱神，已经把我的心高高举上王宫，却把我的地位降低到农家茅舍，又将我的灵魂引向一位美丽的仙女，然而那仙女不仅被无数男子包围着，而且享受着崇高尊荣……爱神哪，我完全顺从你，你要我做什么？我曾跟随你步上火路，受尽烈焰燎烤。我睁开眼睛，看到的却是一片黑暗；我张口说话，说出的全是悲伤。爱神啊，思念之情满怀强烈的精神饥渴将我紧紧拥抱；这种饥渴得不到情人的亲吻，它是决不会消退的。爱神啊，我是个弱者，而你是强者，为何还要与我争高低？你公正大度，我是个无辜者，你为什么还要欺负我？你是我的唯一支持者，却为什么还要贬损我的尊严？你是我的依靠，为什么抛弃我？假若我的血未按你的意愿流淌，你可以泼掉它；如果我的双脚没有行进在你的路上，你可以让它瘫痪。你尽可信意对待我的躯体，但请让我的心灵在你羽翼下饱尝这静宜田园中的美丽风光和欢乐……千条溪水都向着自己的恋人——大海——流淌；万朵鲜花均朝它们的情侣——阳光——微笑；天上乌云总是冲着它们的追求者——谷地——降雨。而我的心事，溪水不理会，花儿听不到，乌云摸不着。我独自受苦难，孤处恋情中，远离心上人；她既不想让我成为她的父王军中的普通一兵，也不愿意让我做她宫中的一名仆人。”

说到这里，青年沉默片刻，仿佛想向河水的哗啦流淌声和树叶的沙沙响声学一些词语，然后又说：“你，我不敢直呼姓名的人儿，与我隔着庄严幕幔、雄伟高墙的人儿啊，我那只有在绝对平等的天国才能相见的仙女，利剑听你使唤，万众在你面前俯首，钱粮库及寺院的大门为你洞开！你占据了一颗爱神敬重的心，你奴役了一个主神推崇的灵魂，你迷住了昨天还在这田中自由劳作的人；如今，他已变成了戴着爱情枷锁的俘虏。美丽的姑娘，我看到了你，方才知道我为什么来到了这个世界。当我知道你的地位高，同时看到自己的低贱时，便晓得主那里藏着不为人知的秘密，同时晓知了把灵魂送往爱情不受人类法律约束的地方的必由途径。当我看到你的眼睛时，我就相信这种生活就是天堂，而天堂的门就是人的心扉。当我看到你的高贵与我的低微就像巨人与雄狮相互搏斗时，深知这块土地已不再是我的故乡。当我看见你坐在你的女友们当中就像玫瑰花居于香草中间时，我猜想我的梦中新娘已经化为肉身，变成了像我一样的人。当我洞悉到你父王的非凡尊贵之时，我意识到要采摘玫瑰花必定会碰到利刺，它会刺得手指流血；甜梦收集起来的一切，会被苏醒驱散……”

这时，青年站起身来，心灰意懒、悲伤失意地朝清泉走去，边走边说：

“死神哪，救救我吧！芒刺扼杀鲜花的大地已不适于居住。快使我挣脱爱神被逐出王位、高贵威严取而代之的岁月吧！死神啊，快来救救我吧！永恒天国比这个世界更适合情侣相会。死神呀，我在那里等着我的意中人，我将在那里与她相见。”

青年行至清泉旁时，天色已近黄昏，夕阳开始从田野上收起自己那金黄色的饰带。他坐下来，禁不住泪水簌簌下落，直淌入公主留下的脚印深处，只见他的头低垂在自己的胸脯上，仿佛在全力阻止自己的心从胸中掉出来似的。

就在那一时刻，柳树后出现了一位姑娘，长长的裙尾拖在草地上，旋即在青年的身边停下了脚步，伸出丝绸般光滑柔润的手，抚摩着青年的头。青年抬头望了姑娘一眼，只见他目光蒙眬，像是梦中人刚刚被晨光唤醒。眼见站在自己跟前的正是那位公主，青年急忙双膝下跪，酷似摩西[1]看见面前的丛林燃烧时的情形。他想说话，不期周身颤抖，泪水模糊了双眼，张口结舌，一句话也说不出来。

随后，姑娘紧紧搂住青年，先吻他的双唇，再吻他那淌着热泪的眼睛，继而用比芦笛还柔美的声音说：

“亲爱的，我在梦中见到了你，我在孤独寂寞中看到了你的面容。你就是我失去的那位心灵伴侣。你就是我命中注定要到这个世界来时，与我分离的那绝美的另一半。亲爱的，我是秘密来与你相会的。看哪，你现在就在我的怀里，你不要失望，不要悲伤，不要急躁！我丢下了父王的荣华富贵，特意来跟随你到遥远的地方去，与你共饮生死甘苦。亲爱的，起来吧！让我们到远离人世的遥远荒野去吧！”

情侣双双走进林间，夜幕遮掩了二人的身影。国王的暴虐对他俩无可奈何，焉在乎黑暗中的幽灵。

在王国的边境地带，国王的侦探找到了两具尸骨，其中一具脖颈上还挂着一串金项链。两具尸骨旁有一块石头，上面刻着这样的字迹：

爱神将我们结合，谁能将我们分开？

死神将我们召去，谁能将我们追回？

---

[1] 摩西，《圣经》中的人物，古代以色列人的领袖。他出生在埃及，当时埃及法老下令杀尽新生的以色列男婴。母亲先将他藏了三个月，因不能再隐藏下去，就将他放进蒲草箱里，搁在河边芦荻中。后为法老女儿所救，带回宫中养育。他长大后，因为打死了一个欺压以色列人的埃及人，听说法老要杀他，便逃到米甸，被当地祭司叶忒罗收留，娶其女西坡拉为妻。一天，他赶着岳父的羊群在野外放牧，突然来到何烈山，见火焰中有一个人，原来是上帝耶和华显现，摩西急忙双膝下跪。此处比喻青年看到公主，如同摩西看到了上帝。

在死人城

我昨天摆脱城市的喧嚣，出门漫步在静悄悄的原野，终于登上一座山丘，但见大自然为它穿上了最华美的盛装。我站在山丘上，极目望去，工厂排出的烟雾凝聚而成的浓密云彩下，整座城市连同高大建筑和宏伟宫殿一览无余，尽收眼底。

我坐在那里，远远地观看人们劳作，发现他们大多是辛苦的。我试图不用心去思考人的作为，而将目光转向主的光荣宝座——原野，看见当中有一墓地，那里排列着许多大理石坟墓，周围满是苍松翠柏。

在那里，我坐在活人城与死人城之间沉思，思考着在这里进行的持续不断的斗争和永不休止的活动，而那里却是无限的沉寂与永恒的安静。这一面，充满希望与失望，而且有爱有憎，有富有穷，有信神的有不信神的；另一面，却是除了土，还是土，大自然将之翻过来，再埋下去，从中创造出植物、动物，一切都是在寂静的夜里完成的。

当我正沉湎于冥思遐想之时，忽见一群人缓步走来，走在前面的是乐队，哀乐响彻天空。那支队伍规模宏大，富贵威严，队伍里什么样的人都有，气势雄壮，浩浩荡荡。原来那是一支为一富豪送葬的队伍。一口棺木后面跟着大队活人，哭声惊天动地，直上云霄。

队伍到达墓地，祭司们聚在一起，祈祷焚香，乐师们吹起喇叭。

片刻后，演说家们争相显示口才，用最精美的言词为死者歌功颂德。接着是诗人们朗诵诗歌，用最华丽的诗句悼念死者。所有这些仪式都在令人厌烦的冗长过程中完成。过了一会儿，众人散去，那里留下一座新墓，乃是雕刻工匠和工程师们的精心之作，四周摆放着工艺匠人们用巧手扎成的花圈。

队伍回返城里，我远远望着，依旧沉思。

夕阳西下，山岩、树木的影子渐渐变长，大自然开始脱下用光编织、剪裁的衣衫。

那时，我又看见两个男子抬着一口棺木，后面跟着一个衣衫褴褛的女人，怀里还抱着一个吃奶的婴儿，身边跟着一条狗。那条狗时而望望女人，时而瞧瞧棺材。这是一个贫苦人的葬礼：跟在后面的妻子淌着悲泪，婴儿随着母亲哭泣不止，忠实的狗紧紧跟着，与孤儿寡母一样悲伤痛苦。

这些人来到墓地，将棺材埋在墓地的一个角落里，远远离开那座大理石墓，然后带着伤心的肃静回转。那条狗却不住回头望望主人的下葬之处。我一直望着那条狗，直到人们的身影消失在树林之后。

此时，我回头朝活人城望去，心想："那座城市属于富贵豪强。"而后又朝死人城望了望，说道："这座城池也属于富贵豪强！主啊，穷贫弱者的安身之地又在何方？"

我说着，朝镶着金色夕阳光边的浓密彩霞望去，只听我的内心发出一种声音，说："就在那里！"

诗人的死是生

夜幕笼罩城市上空，冰雪为城市穿上冬装，严寒迫使人们退出市场，躲藏在自己的安乐巢窝里。狂风在房舍之间呼啸悲叹，就像吊丧者站在大理石墓间哀悼死神的猎物。

在城边上，有一座简陋茅舍，柱斜梁倾，在厚厚的冰雪重压下，行将坍塌。小屋的一角，放着一张破床，床上躺着一个奄奄一息、行将就木之人。他望着那微弱的灯光，那灯头似在竭尽全力挣扎，试图征服黑暗，但终于被黑暗压倒。那还是一个正值锦瑟年华的少年郎，却知道自己大限将至，就要永远地摆脱生活桎梏，等待着死神降临。他那蜡黄色的脸上闪烁着求生渴望之光，而双唇上溢出的仍是凄楚的微笑。那是一位诗人：来到世上，用纯美言词以给人送去欢乐为本；如今，就要饿死在这富贵活人城中了。那是一个高尚的灵魂：蒙主之恩而降生，以便使生活变得更甜美；如今，人类还未报之以微笑，它就要告别我们这个世界了。他已进入人生的弥留之际，行将断气，身旁只有油灯一盏，那是他孤独寂寞之中的伙伴；还有一页页诗稿，满载着他那颗高尚灵魂的梦幻。

那位生命垂危的青年，竭尽余力，把双手举向空中，睁开疲倦的眼皮，仿佛想用最后一丝目光穿透那破烂茅舍的屋顶，去看隐藏在乌云之后的繁星，然后说：

“美丽的死神，你来吧！我的神魂想念你呀！走近我，解去我身上的物质枷锁吧！因为我拖着它已感疲惫不堪。来吧，美妙的死神，快把我从人群中解救出来吧！只因我把从天使那里听来的话翻译成了人的语言，他们便说我是异己分子。快朝我走来吧！人已经抛弃了我，把我丢入被遗忘的角落，只因为我不像人一样贪图钱财，也不使用不如我的人。甜美的死神，快到我这里来，带我走吧！我的同胞们已不需要我。让我投入你那充满爱的怀抱吧！求你吻吻我的双唇。我这双唇既未尝过母亲亲吻的滋味，也没有接触过姐妹的前额，更未亲过意中情人的嘴。亲爱的死神，快来拥抱我吧！”

这时，诗人的病榻旁边突然闪出一位女子的身影，其美远非凡人所有，只见她身穿雪白晶莹的衣裙，手持采自天国的百合花环。她走近诗人，热情拥抱他，伸手合上他的眼帘，以便让他借灵魂的目光看着她。她吻了吻他的双唇，那充满深爱的一吻让诗人双唇留下了心满意足的微笑。

刹那间，茅屋变得空余尘土，只有一些诗稿散落在黑暗角落。

岁月不居，时节如流，数世代飞闪而过。那座城中的居民一直沉湎于昏睡之中。当他们苏醒过来，眼睛看到知识的曙光时，他们在公共广场的中心为那位诗人建造了一座巨大塑像，并为他确定了每年的纪念日……啊，人是多么愚昧！

美人鱼

在靠近日出的群岛周围的大海深处——盛产珍珠的地方——静卧着一具青年人的尸体，旁边的珊瑚丛间坐着一群金发美人鱼，她们用美丽的蓝眼睛望着那具尸体，用音乐般的甜润声音谈论着。大海听到了她们的谈话，海浪将之送往岸边，微风将它带到我的心灵。

第一个美人鱼说："这是个人，昨天才掉进大海，当时大海在发怒。"

第二个说："大海并未发怒，而是自诩为神之后裔的人参加了血腥战争，鲜血流淌，把水都染成了深红色。这个人是位战死者。"

第三个说："我不知道何为战争，但晓得人类在征服了陆地之后，还想主宰海洋，于是创造了种种奇怪机器，能够在海上破浪前进。海神尼普顿[1]得知，对这种挑衅勃然大怒。人类无可奈何，为了讨好我们的海王，只得献祭赠礼。我们看到的尸骸，是昨天才落入海底的，不过是人类献给伟大海王尼普顿的祭品罢了。"

第四个美人鱼说："尼普顿伟大，而他的心又是何其冷酷！假若我是海王，我是绝不会喜欢血肉祭品的。来吧，让我们看看这位青年的尸体，也许他能让我们了解关于人类的一些情况。"

美人鱼们靠近青年的尸体，开始在口袋里翻找搜寻。她们在贴近

---

[1] 尼普顿，古罗马宗教中所信奉的神灵。原为淡水之神，到公元前399年，人们已把他同希腊宗教中的波塞冬等同起来，称为海神。

他心口处的衣褶里找到一封信。一个美人鱼拿起那封信，开口念道：

亲爱的：

时已午夜，我辗转反侧，难以入睡，能为我解忧的唯有眼泪；能使我得到安慰的，只有盼望你挣脱战争魔爪，回到我的身旁。我一直思考着临别时你对我说的那句话："每个人欠下的泪债，总有一天要偿还……"亲爱的，我不知道自己该写什么，只能听凭我这颗心自由流露在纸上。一颗被不幸折磨的心，只有爱情能给之以安慰；爱情可令痛苦化为欢悦，可教悲伤转为欢乐……当爱神把我俩的心结合在一起，正期盼两体化为一体，拥有一颗灵魂之时，战争把你召去，你在义务与爱国主义的驱动下奔向战场。这种分离情侣，令女人变成寡妇，使孩子成为孤儿的义务，算什么义务？这种动辄宣战，破坏家园的爱国主义，又算何种爱国主义？这种只加于可怜乡下人而不涉及强权、贵胄的义务，又算什么义务？

如果这种义务只会破坏各民族之间的和平共处，如果这种爱国主义只会扰乱人类的平静生活，那么，就让这种义务和爱国主义与我们永别吧……不，不，亲爱的！别把我这话放在心上！你要勇敢作战，热爱自己的祖国，不要听一位被爱情蒙住双眼，被离别夺去视力的姑娘的信口胡言……如果爱神不能让你今世回到我的身边，那么，爱神一定能够在来生把我送到你的面前……

美人鱼读完信，将之放在青年的衣褶里，一声不响。她们难过地游走了。当她们游远时，一个美人鱼说："人心比尼普顿的心更冷酷！"

灵魂

……众神之主神从自身分离出一颗灵魂，且在其中创造了美。

主神给予灵魂黎明微风的清雅、田野鲜花的馨香与月光的柔和。

主神赐予灵魂欢乐一杯，并叮嘱说：“你只有当忘记过去、忽视未来之时，才能饮用它。”

主神赐予灵魂痛苦一杯，并叮嘱说：“你喝下它，才能领会生活欢快的本质。”

主神向灵魂中播撒慈爱，只要灵魂发出第一声贪得无厌的叹声，慈爱就会离开。

主神向灵魂中播撒甜美，只要灵魂吐出第一句自高自大的言语，甜美便会出走。

主神由天上降给灵魂以学识，以便引导灵魂步上真理之路。

主神注入灵魂深处以洞察力，足以看见不可见之物。

主神在灵魂深处创造一种情感，既可随幻想流动，又能与幻影同行。

主神给灵魂穿上思念之衣，那思念之衣由天使用彩虹之波编织而成。

主神又将疑惑之黑暗置入灵魂，那疑惑之黑暗本是光明的阴影。

主神从愤怒熔炉里取火，采集起于愚昧沙漠上的风，从自私海岸上弄来沙子，又从时光脚下取来土，然后塑造成人。

主神给自己塑造的人以盲目力量：疯狂之时，大发雷霆；面对欲望，火熄烟消。

主神微笑、哭泣，感受无边无际的慈爱，将人与其灵魂结合在一起。

泪与笑

夕阳从花木繁茂的花园收起金黄色的长尾，明月在遥远天际升起，将柔和的月华洒在花园里。我坐在树下，静静观赏着天色的变化，透过树木枝条间仰望挂在瓦蓝色的天毯上的银圆似的星斗，耳里聆听着从远处山谷传来的溪水的淙淙流淌声。

鸟儿藏身在叶子浓密的树枝间，花儿合上了眼，大自然一片寂静。这时，忽然听到踏着青草的沙沙脚步声，我调转视线望去，只见一对少年男女正朝我走来。片刻后，二人坐在一棵枝繁叶茂的树下；我能看见他俩，而他俩却看不见我。

那小伙子朝四周环视了一下，然后我听他说道："亲爱的，你就坐在我的身边，听我说吧！你微笑吧！因为你的微笑是我们未来的标志；你欢乐吧！因为岁月已在为我们而欢乐。我的心灵告诉我，你的心中有疑虑；亲爱的，对爱情心怀疑虑是一种罪过。这大片银白色月亮映照下的地产很快就要归你所有，你也将成为这足以与王宫媲美的宫殿的女主人。我的宝马将供你四处游览时乘骑，我的花车将载着你出入舞场、筵席。亲爱的，你就像我宝库中的黄金那样笑吧！亲爱的，你就像我父亲的珠宝那样望着我吧！亲爱的，你听啊，我的心只会在你的面前倾诉衷情。我们面临着甜蜜之年。我们将带着大量金钱，到瑞士的湖畔、意大利的旅游胜地、尼罗河上的宫殿附近和黎巴嫩的雪杉枝条下，度过我们的甜蜜之年。你将见到公主和贵妇人，她们也将嫉妒你周身的华丽服饰和珠光宝气。那一切都由我提供给你，难道你不喜欢？啊，你的微笑多么甜美！你的微笑与我的命运微笑是何其相似啊！”

过了一会儿，我看见他俩缓步走去，脚下踏着鲜花，就像富人的脚踏着穷人的心。

二人消失在我的视野里，而我还在思考着金钱在爱情中的地位。我想：金钱乃人为恶之源，而爱情则是幸福与光明的源泉。

我一直沉湎于这种思考之中，直到两个人影从我面前走过，然后在草地上坐了下来。一个是小伙子，另一个是姑娘，来自田间的农家茅舍。一阵发人深省的寂静过后，我听到那个患肺病的小伙子谈话中夹带着深深的叹息声。他说：“亲爱的，擦擦泪吧！爱神想打开我们的眼界，使我们成为她的崇拜者。爱神赋予我们以忍耐品性和吃苦精神。亲爱的，擦擦眼泪吧！你要忍耐，因为我们早已结成崇拜爱神的同盟。为了甜蜜的生活，我们宁可忍受穷困的折磨、不幸的苦涩和分离的熬煎。我一定要与岁月搏斗，以便挣到值得放在你手中的一笔钱财，足以帮助我们度过此生的各个阶段。亲爱的，爱情就是我们的主，会像笑纳香火那样接受我们这叹息的眼泪，同样把我们应得的奖赏给我们。亲爱的，我要同你告别了，因为月落乌啼之前我将离去。”

之后，我听到一种低微柔和的声音，且不住被炽热的长叹声打断。那是一个温柔少女的声音，其中饱含着发自少女周身的爱情的火热、分离的痛苦和忍耐的甘甜。她说：“亲爱的，再见！”

二人分手，我仍坐在那棵树下，只觉得无数只怜悯之手争相拉扯我，这个奇妙宇宙的种种奥秘争相挤入我的脑海。

那时，我朝着沉睡的大自然望去，久久观察，发现那里有一种无边无涯的东西。那种东西用金钱买不到，那种东西秋天的眼泪抹不去、冬季的痛苦折磨不死，那种东西在瑞士的湖畔、意大利的旅游胜地找不到，那种东西忍耐到春天便复生、到夏季便结果。我在那里所发现的就是爱情。

梦

在田野上，一条水晶般的小溪畔，我看见一只鸟笼子，竹篾、木条加工精细，一看便知出于能工巧匠之手。笼子里的一个角，有一只死鸟；另一角有一水罐，但水已干；还有一个食罐，里面一粒食粮也没有。

我静静地站在那里，留心侧耳细听，仿佛死去的鸟儿和小溪的淙淙流水声有什么训诫似的，在求良知开口说话，要向人心探询些什么。我一番思考之后，知道那只可怜的小鸟曾在干渴中与死神搏斗，而它就在溪水旁边；它是饿死的，而它就在生命的摇篮——田野之中，就像一个富翁，因库房门紧闭，活活被饿死在金山间。

片刻后，我看见鸟笼突然变成了一个透明的躯体，死鸟变成了人的心脏，心上的深深伤口正在滴着鲜红鲜红的血，整个伤口酷似悲伤女人的嘴唇。

然后，我听到从伤口发出的一种夹带着血滴的声音说：

“我是人的心，物质的俘虏，人类世俗法律的牺牲品。在美的田野中，在生活甘泉之畔，我被人为诗人制定的法律牢笼所俘获。在爱神手中的人类美德摇篮里，我孤独地死去。因为我被禁止享用那种美德和这种爱情之果。我所向往的一切，在人看来都是耻辱；我所渴望的一切，均被人判断为卑贱。

“我是人的心，被囚禁在世俗法规黑暗中，已是衰弱不堪；我被幻想的锁链束缚，故而奄奄一息；我被遗弃在文明迷宫的角落里，已经步入死亡。然而人类一言不发，袖手笑而旁观。”

我听到了这些话语，眼见它和着血滴由那颗带伤的心里滴出。那之后，我再也没有看到什么，也没有听到什么声音，旋即回到了现实之中。

美

美是智士的宗教。
——印度诗人

人们哪，你们徘徊在各种宗教的歧路上，迷惘在不同信仰的山谷里，认为不信的自由比受皈依束缚更充分，不信的舞台比归顺的堡垒更安全，你们何不把美当作宗教，把美敬畏为主！因为美是体现可理会成果的万物完美的外部表现。你们要唾弃那样的人：他们把虔诚比作游戏，今世贪图钱财无度，且乞盼来世尽享富贵。你们要相信美的神性！那是你们珍爱生命的起点，那是你们珍惜幸福的源泉。你们要向美忏悔！美会使你们的心靠近女性的宝座；那是你们所有情感的一面明镜。美，会把你们的心灵送返大自然的怀抱，那本是你们生命的故乡。

在夜下迷路的人们哪，沉溺在幻想汪洋里的人们啊，美中有不容怀疑的真理，美中有帮助你们对抗谎言黑暗的灿烂光明。请你们仔细观察春天的苏醒和晨曦的降临；那么，美可使观察者大饱眼福。

请你们侧耳聆听百鸟鸣唱、树叶沙沙作响和小溪淙淙流淌；那么，美可使听者得到一份福分。

请你们看看孩童的温顺、青年的机敏、壮年的力量和老年的智慧；那么，美足令观者迷恋、动心。

请你们赞美水仙花似的眼睛、玫瑰花似的面颊和秋牡丹似的小口；那么，美，自然为赞美者们所颂扬。

请你们赞颂枝条般柔嫩的身段、像夜一般乌黑的秀发和象牙一样白皙的长颈；那么，美，一定为赞颂者们感到兴高采烈。

请你们把躯体作为圣殿献给美；那么，美，一定会奖赏那些顶礼膜拜者。

承受天降美之奇迹的人们哪，你们欢呼吧，高兴吧！因为你们无可畏惧，你们无所忧伤。

火书

请在我的墓石上刻下："此处长眠者，声名水上书。"

——约翰·济慈

难道夜色就这样在我们面前闪过？难道夜晚就这样在岁月脚下消失？难道时代就这样将我们卷去，仅将我们的名字留在它的册页上，且用水代替墨来书写？

莫非这光会熄灭，这爱情会退隐，这愿望会消逝？莫非死神将毁掉我们建造的一切，大风会把我们的一切言语吹走，阴影会把我们的一切作为遮掩？

难道这就是生命？它是已经消隐、踪迹皆无的过去；它是紧追过去的现在；它是毫无意义的未来，只是已经闪过，变成了现在或者过去？难道我们心中的一切欢乐和我们灵魂中的一切痛苦都已消退，而我们全然不知其结果？

难道人就是这样，像大海的泡沫，时而浮在水面，时而被微风一吹便消失，仿佛不曾有过似的？

不，凭我的宗教起誓，生命的本质就是生命。生命的起始不在子宫，它的终点也不在坟墓。这些岁月只不过是无始无终永恒生命的一瞬间。今世年龄及其一切，只不过是被我们称为可怕死亡的苏醒旁边的一个梦。那的确是一个梦，但我们在梦中的所见所为将与主同在。

苍穹可容下发自我们心中的每一丝微笑和每一声叹息，并且保存源于爱的每一吻的回音。天使数着痛苦从我们眼角滴出的每一颗泪珠，又把我们情感中的欣喜创作的每一首歌送到遨游在无边无际天空中的灵魂耳里。

在未来的世界中，我们将看到情感的所有起伏和我们心灵的所有震动；在那里，我们将领悟我们神格的本质；而现在，我们为失望因素所推动，还在蔑视那种神格。

被我们今天称为弱点的迷惑，明天将显示为人生完整锁链中必不可缺的一个环节。

我们现在不报偿的辛劳，将和我们一起生存下去，并将宣扬我们的光荣。

我们承受的灾难，将成为我们来日的桂冠。

此外，假若那位善歌的夜莺——济慈——知道他的歌仍然在把爱和美的精神播向人的心灵，那么，他定会说：

“请在我的墓石上刻下：此处长眠者，其名用火书在天幕上。”

废墟之间

月亮给太阳城周围的丛林蒙上一层美丽的面纱，万物被沉寂笼罩。那大片的废墟，看上去好像一位巨人，仍然在无情地嘲笑长夜带来的无穷灾难。

就在那时，凭空冒出两个幻影，活像由蓝色湖面升腾而起的蒸气，坐在岁月从那座奇异建筑物连根拔起的大理石柱上，注视着魔术舞台似的四周。片刻过后，其中一个幻影抬起头来，用类似于遥远空谷中回荡的回声一般的声音，说：

“亲爱的，这就是我为你建造的殿堂的遗迹，而那里则是我为讨好你而建造的宫殿的废墟；如今，都已坍塌，只剩下了断壁残垣，但它足以向世人说明，我曾付出毕生精力，役使平民，为扩建它而创造的光荣业绩。亲爱的，你仔细看哪！种种因素破坏了我建造的城池，世世代代瞧不起我主张的哲理，健忘绝症丢弃了我建立的王国。如今，我这里剩下的只有你的美丽产生的爱情时光和你的爱情复活的美的结果。我在耶路撒冷建造了礼拜堂，祭司们将之奉若神圣，之后被岁月摧毁；我在自己的心中建造了爱情的殿堂，主奉之为神圣，任何力量都破坏不了。我曾耗平生精力探索事物的种种现象，要求物质的成果开口说话，人却说：‘多么英明的国王！’天使则说：‘好一个小智士！’之后，我看见了你，亲爱的！我把爱情与思念之歌唱给你听，天使感到高兴，而人却未曾留心……我为王的岁月就像重重障碍，将我的干渴心扉与稳定在万物中的美丽灵魂隔离开来。当我看到你时，爱情苏醒过来，摧毁了那些障碍。我为自己空耗的岁月感到惋惜，终于向失望潮流投降，认定太阳下的一切东西全是虚假的。我打造了铠甲，铸就了盾牌，各个部落都惧我三分。当爱情照亮我时，我受到了蔑视，就连我的臣民也把我低看三分。但是，当死神降临时，我把铠甲和盾牌埋在了土里，带着爱情去投奔上帝。”

片刻沉寂之后，第二个幻影说：“就像花儿从土里得到馨香和生命一样，心灵从物质的弱点和错误里汲取力量与智慧。”

两个幻影结合为一个幻影，离去了。过了一会儿，空中传来这样的话，回荡在那个地域：“永恒世界只保存爱情，因为爱情像永恒世界一样永恒……”

梦幻

此信呈 S. L 子爵夫人，权作复函。

青春在我前面走，我紧紧跟上他的脚步。当我们来到一片遥远的田野时，青春停下脚步，仔细观看飘浮在夕阳光上的云朵，那云朵好像一群雪白的绵羊；再看那些树木，但见光秃枝条直指天空，仿佛要求天归还它那繁茂的叶子。我问道："青春哪，我们现在在哪里？"青春回答："我们在困惑的田野上。你要当心呀！"我说："我们回去吧！因为此地一片凄清，我好害怕；白云和光秃秃的树木，使我感到悲伤。"青春说："忍耐一下！困惑乃是知识的起点。"然后，我留心观看，忽见一位仙女正在朝我们靠近，像是幻影，我禁不住惊叫："这是谁？"青春说："她是墨尔波墨涅❶，乃朱庇特❷之女，悲剧女神。"我说："欢乐的青春啊，有你在我的身旁，悲伤与我何干？"青春说："她来这里是为了让你看看大地及其悲伤。看不到悲伤的人，也便看不到欢乐。"

仙女伸手捂住我的眼睛。当她移开手时，我发现自己离开了青春，而且被剥去了物质的衣服，变得赤身裸体。我问："神女呀，青

---

❶ 墨尔波墨涅，希腊神话中的缪斯女神之一，主管悲剧与竖琴演奏。在希腊艺术作品中，她的表征是悲剧面具和赫拉克勒斯之棒。

❷ 朱庇特，古罗马和意大利的主神，相当于希腊的宙斯。

春到哪里去了？”仙女没有答话，而是用双翅将我抱住，带着我飞上了一座高山顶。在那里，我看见大地和大地上的一切，像一张纸一样摊展在我的面前；大地上居民的秘密，就像字迹一样展示在我的眼前。我忧心忡忡地站在仙女身旁，留心观察人的隐私，仔细探解生命密符。我看到——但是我看不到——幸福天使在同不幸恶魔进行战斗，而夹在二者之间的人不知道如何是好，时而倒向希望，时而倒向失望。我看到爱和憎在轮番戏耍人心：爱竭力掩饰人心缺点，用屈从之酒将之灌醉，令其只吐赞美之词；憎则挑动人心争吵，蒙其眼，让其看不见真实情况；塞其耳，令其听不到正确意见。我看到城市坐在那里，像烟花女一样死扯着人的衣角。我看到美丽的原野站得远远的，为人哭泣落泪。

我看到祭司们像狐狸一样狡猾奸诈。我看到假救世主们千方百计迷惑人心。我听到人高声向智慧求救，而智慧愤怒弃人而去，因为智慧曾在大街上当众呼唤人，而人却未听见智慧的呼唤声。我看到牧师们抬眼仰望着天空，而他们的心却埋在贪婪的坟墓里。我看到青年男女们只用口舌求爱，怀着轻浮的希望相互接近，而他们的心神却远在天边，情感也在睡眠之中。我看到律师们在充满欺骗、虚伪的市场上用啰啰唆唆的话语做生意。我看到医生们在拿平民百姓的生命做游戏。我看到蠢货与智者同席对坐，让自己的现在枕在宽大的地毯上，并为自己的未来备下了豪华床铺。我看到可怜的穷苦人耕种，强悍的富人则收获、吃喝，而不义不公恶神站在那里，人们却称之为法律。我看到黑暗盗贼在偷窃智力宝库，而光明看守却在那里睡懒觉。我看到女人就像男人手里的一把琴，而那个男人并不善于弹奏，女人只能让那个男人听不到悦耳的乐声。我看到一支大军包围了具有光荣传统的知名之城，而守军却已溃败，因其人数既少，且又不团结。我看到真正的自由独自在大街上行走，屡屡敲门求宿，而人们却将其拒之门外。我又看到庞大的放荡鬼队伍横冲直撞，而人们却将之称为自由。我看到宗教被埋在书中，虚妄取代了它的位置。我看到人们给忍耐穿上怯懦衣衫，给坚毅号以迟缓，加给温柔以惧怕之名。我看到不速之客在礼貌的筵席上装腔作势，夸夸其谈，而应邀者则沉默无言。我看到挥霍者手中的钱财是搜罗坏蛋的网，吝啬鬼手中的钱财招致人们厌烦，而智士手中却没有钱。

当我看到这一切时，我感到痛苦不堪，高声呐喊："神女呀，莫非这就是大地？难道这就是人类？"神女以可怕的平静答道："这就是心灵之路，铺满荆棘和萤火虫。这是人类的影子。这是黑夜。黎明将要到来。"说罢，她又用手捂住我的眼。当她再次移开手时，我发现自己正与我的青春缓步同行，希望正奔驰在我的面前。

昔与今

一位富翁漫步在自己公馆的花园里，愁闷一直紧跟着他的脚步，忧虑在他的头上打转，就像苍鹰在死神击中的死尸上空盘旋。富翁终于走到了湖边，那是一个人工湖，周边有用大理石雕成的围栏。他坐在那里，时而望望从禽兽雕像口中喷涌出来的水，那水酷似从情人脑海里涌出的思潮；时而瞧瞧他那坐落在山丘上的宫殿，那宫殿很像美人痣镶在少女的腮边。

富翁坐着，思绪联翩，往昔写下的关于他的生活的故事，一页一页地展现在他的眼前。他开始读着，禁不住泪水簌簌下落，模糊了双眼，看不到那人工湖水面；悲伤之情将神编织的往日画面重现于他的心间，止不住怨言脱口而出。他说：

“往昔，我在葱绿的山冈间牧羊，高高兴兴地生活，吹起我的芦笛，表达我的由衷欢乐。如今，我竟成了贪欲的俘虏，钱财把我引向钱财，钱财又把我引入醉生梦死，醉生梦死将把我带入不幸境地。往昔，我像鸟儿一样鸣啭歌唱，像蝴蝶一样款款飞舞。微风踏草头的脚步并不比我踏田野的脚步更轻。看哪，如今我却成了社会习俗的囚徒，靠穿着矫揉造作，不时出入筵宴，一切工作全为了讨好人类及其法规。我本期望我为享受人间快乐而生，然而今天，我发现自己为金钱所累，步上了一条痛苦之路，就像背驮黄金的骆驼，黄金将要置骆驼于死地。宽广的平原在哪里？唱歌的小溪何在？清新的空气在哪里？大自然的高贵何在？我的心神又在何方？我已失去了这一切，留给我的只有黄金；我喜欢黄金，而黄金却嘲笑、蔑视我。我的奴仆多了，而我的欢悦少了；我的宫殿高耸，却毁灭了我的快乐。往昔，我与游牧民的女儿同行，纯美贞操伴着我们，纯真爱情是我们的挚友，皎洁月光为我们照明；如今，我却身陷在那么一帮女人当中，一个个伸长脖子，挤眉弄眼，借金链、饰带换取艳美，见镯子、戒指便出让皮肉。往昔，我与青年们像一群羚羊活跃在林间，一道歌唱，共享田野之乐；如今，我在众人之间，就像猛禽爪中的羔羊，走在大街被人们用讨厌眼光盯视，被人们的嫉妒手指指点，到游览地看见的净是高昂的头和冷酷的脸。往昔，天赋予我以勃勃生气，饱尝大自然之美；如今，这两项天赋已完全被剥夺。往昔，我是个饱享幸福的富翁；如今，我变成了一贫如洗的穷光蛋。往昔，我与我的羊，就像仁慈的国王与其臣民；如今，我与我的金山，就像低贱的奴隶站在主人面前……我没有想到金钱会遮蔽我的心眼，将我的心灵引向愚昧深渊；我也不知道被人们视为荣誉的东西，却像地狱之火一样灼烧人心……”

富翁原地站起身来，缓步向自己的宫殿走去，不住地叹息道：“莫非这就是钱财？难道这就是神，我已成了它的祭司？莫非它就是我们用生命买来的，却不能用它换回一丝生命？我付出一堪他尔[1]黄金，谁能卖给我一美好想法？谁能用一把珠宝换得一分钟爱情？谁能拿走我的金库，仅仅给我一只能看到美的眼睛？”

---

❶ 堪他尔，重量单位，1 堪他尔等于 45 千克。

富翁来到殿门前，就像耶利米[1]望耶路撒冷城那样，朝城市望了一眼，并用手向城市指了一下，仿佛在向城市表示哀悼之意，并高声说道："人们啊，你们走在黑暗中，坐在死神阴影下，紧追困苦，胡乱断案，倾吐蠢言，只吃芒刺，却把果和花丢进深渊……如此行动，会延续到何年何月？你们走崎岖小道，栖身废墟之间，抛弃生命乐园，如此生活将继续到何日何年？绫罗绸缎锦衣已为你们做好，你们为什么却要穿破衣烂衫？人们哪，智慧之灯行将熄灭，快给它添些油吧！流浪汉要破坏你们的葡萄园，快起来保卫它吧！盗贼偷了你们的舒适库房，你们要当心呀！"

就在那时，一个穷人站在了富翁的面前，伸手向他讨钱。富翁望着穷人，颤抖的双唇合起，紧皱的面容舒展开来，二目间闪出温和的光芒。他在湖边痛惜的往昔已经走来向他问安。于是，他走近乞丐，亲切、平等地吻了吻他，并将一把黄金递到穷人手里，怜悯之情充满话语间，说："兄弟，你现在拿着这些金子，明天和你的伙伴一道来，把你们的钱财都拿回去吧！"穷人就像凋零的花儿雨后重新鲜灵起来，微微一笑，快步离去。

富翁进到殿堂，说道："生活中的一切都是美的，钱财也不例外，因为它能教人警句格言：钱财如同风琴，不善弹奏者只能听到不悦耳的噪音；钱财又像爱情，令吝啬鬼死亡，让慷慨者永生。"

---

[1] 耶利米，犹太人，大祭司希勒家的儿子。他原为便雅悯地区拿突城的祭司，奉上帝召见之后，成为列国先知。在约雅敬、约雅斤、西底家三个犹太王朝时期，耶利米一直四处传道，说了很多预言。因所说的预言触怒当局，他一再受到迫害。犹太国王西底家在位第十年，因他说了西底家必被巴比伦王打败的预言，就被西底家囚禁起来。巴比伦王攻破耶路撒冷城后，把耶利米放了出来，并送给他粮食和礼物，让他自由选择去向。相传，《圣经》中的《耶利米书》和《耶利米哀歌》为耶利米所作。

灵魂，求你怜悯

我的灵魂，你明知我软弱，你还将哀号到何时？我只会借人类的话描绘你的梦，你将喊叫到何日？

我的灵魂，你好好看看！我毕生都在聆听你的教导。我的冤家呀，你仔细想想！为了紧跟你的步伐，我累坏了自己的体躯。

我的心本来属于我，而今却成了你的奴隶。我的耐心本来对我温存可亲，而今却用你来斥责我。青春本是我的朋伴，如今却抱怨起我来了。所有这些全来自神的安排，你还有何更多要求？

我已经否定了自己，丢弃了生命的避难所，远离了我毕生的荣誉，只剩下了你，因此求你对我公正裁决，因为公正是你的声誉所在。如若不然，那就请你唤来死神，将我释放，免受你的看管。

灵魂，求你怜悯！你加给我的爱情，令我难以承受：你与爱情组成联合力量，强大无比；我与物质结合，力量薄弱，彼此分离。这一强一弱之间的搏斗，岂能长久下去？

灵魂，求你怜悯！你使我远远地看到了幸福：你和幸福站在高山之上，我与不幸位于山谷深底。这一高一低，岂能相会？

灵魂，求你怜悯！你向我展示了美，随后又将之隐藏起来；你和美处在光明之中，我和愚昧居于黑暗里。光明岂能与黑暗结合在一起？

灵魂，来世到来之前，你为来世而欣喜不已；而这肉体，因生活不幸，却只能处在生活里。

你迅速走向永恒，而这肉体却慢慢地向死亡走去；你不会放缓脚步，肉体也不会加快步伐。灵魂，这才是不幸至极。

你因为天有引力而升上高空，而肉体却因地心引力而下坠；你不能安慰它，它也不能祝贺你。这多么令人厌弃！

灵魂，你富于智慧，而这肉体本质贫困；你不会宽容、屈尊，它不会盲目跟从。这是最大的不幸。

你能于夜深人静之时去访情人，饱享拥抱之福；而这肉体永远被思念和分离所困死。

灵魂，求你怜悯，求你怜悯！

寡母与孤儿

夜迅速朝黎巴嫩北部袭来，彻底征服了白昼。在过去的白天里，卡迪沙山谷周围的村子下了一场大雪，使得田野、高原变成了一张大白纸，风神在上面不住地画线条，又不停地将线条抹去；暴风与向大自然发怒的气候结合，肆意嬉戏、拨弄那张白纸。

人们躲藏在自己的家里，动物隐身于自己的窝穴，一切有生息的都停止了活动，只剩下严寒、阴冷、可怕的黑暗和令人恐怖的死亡。

在那片农村中的一座孤零零的房子里，有一妇人，坐在火炉前，正在织毛衣。守在妇人身边的是她的独生子。孩子时而望望火炉，时而瞧瞧母亲那平静的面孔。那时，阴风怒吼，整座房子被刮得飘摇欲坠。孩子一惊，急忙靠近母亲，以求母亲慈爱的护佑，用来抵抗天怒。母亲忙把孩子抱在怀里，连连亲吻，然后让孩子坐在自己的双膝上，并且说："孩子，不要怕！大自然有意教训人类：面对人类的渺小，显示自己的强大；面对人类的脆弱，表现自己的强劲。孩子，不要害怕！在漫天飘雪、密布阴云和疯狂暴风之后，还有一个圣灵，全然知道田野和山丘需要什么。在这一切之后，还有一种目光，在用同情、怜悯的眼神望着可怜的人。不要怕，我的心肝宝贝！春天微笑、夏季大笑、秋令叹息的大自然，现在想哭，伏在土层下的生命还等着吮吸它那冷冰的眼泪。睡吧，孩子！你明天醒来，会看到天空晴朗，田野穿着雪白的外衣，就像灵魂与死亡搏斗之后穿上圣洁衣裳。孩子，睡吧！你的父亲正在永恒舞台上望着我们。多好的暴风雪啊，正是它使我们更加思念那些不朽的灵魂。亲爱的孩子，睡吧！四月来临时，美丽的鲜花就将从这些相互剧烈搏斗的各种因素里采摘。孩子，人也是如此，只有经历了痛苦的疏远、苦涩的忍耐和致命的失望之后，才能采摘到至爱的果实。我的小宝贝呀，睡觉吧！甜蜜的梦必将来到你的心灵里，既不怕黑夜的阴森，亦不惧严寒的侵扰。”

孩子望着母亲，困神已经驾临他的双眼。他说：“妈妈，我的眼皮直打架，恐怕念不上祈祷词，我就睡着了。”慈祥的母亲紧紧抱住他，用泪眼望着他那天使般的面容，然后说：“孩子，跟妈一道说：主啊，怜悯穷人吧！保护穷人免受严寒折磨，用你的手遮盖住穷人的赤身吧！主啊，你瞧瞧睡在茅屋中的孤儿们！冰雪的寒气正在损伤着他们的身体。主啊，听听站在大街上、正在死神和寒冷魔爪中苦苦挣扎的寡母们的呼号吧！主啊，把你的手伸进富人的心中，打开富人的眼界，让他看看受压迫的弱者是怎样的贫困与饥馑吧！主啊，怜悯在这漆黑夜里站在门外的饥饿者，把沦落异乡的流浪汉们带入温暖的安身处，可怜可怜他们的背井离乡之苦吧！主啊，请你顾看一下小鸟儿们，用你的右手保护害怕狂风肆虐的树木吧……主啊，就让这一切化为现实吧！”

当困意拥抱孩子的心灵时，母亲将他平放在床上，用颤抖的双唇吻了吻孩子的前额，然后回到火炉旁，继续为儿子织毛衣。

世代与民族

在黎巴嫩山麓，溪水像银丝一样在岩石间潜行流淌。溪水附近坐着一位牧羊女，周围有一群羊，一只只瘦骨嶙峋，正在鲜嫩的荆棘间吃着干枯的草。少女望着远处天边的晚霞，好像在读写那天幕上的未来前程。她的眼里噙着泪珠，活像露珠点缀在水仙花上。忧伤之情开启了她的双唇，仿佛还想趁她叹气之时占据她的心。

夜色降临，山冈开始围起暗色的外衣。蓦地，一位老翁出现在少女面前，但见白髯长垂至胸，银发披满双肩，右手拿着一把锯齿形镰刀。老翁用类似于波涛怒吼的声音说："叙利亚，你好！"

少女一惊，急忙站起来，用被恐惧打断又被痛苦连接起来的声音说道："世代老人，你现在找我有什么事吗？"

随后，少女指着自己的羊，接着说："原来羊群布满山谷，如今只剩下这么一小群了。这都是由于你的贪婪所致，你还想再夺去一些吗？

"过去，这里曾是肥美牧场，如今被你的脚踏得干枯荒芜。昔日，我的羊在鲜花丛中牧放，挤出的奶甘甜芳香；如今一只只空着肚子啃食荆棘和草根，时刻面临着死亡。

"世代老人啊，你敬畏主，快离开我吧！你的不公正令我厌恶了生活，你的镰刀凶狠使我宁可选择死亡。

"请你离开我，让我独自饱饮泪水，沐浴痛苦微风吧！世代老人，你到西方去吧！那里的人们正参加生命的婚礼和节日，让我在你举行的葬礼上痛哭号丧吧！”

老翁用父亲般的目光望着少女，他已把镰刀藏在自己的衣服褶里，说：“叙利亚啊，我只从你这里拿了我给你的部分赠礼，不是抢夺，而是暂借，以后是要奉还的，而且言必信，到时如数奉还。你要知道，你的姐妹民族有福分享用原属于你的光荣，有权利穿着原属于你的外衣。我与公正是两位一体，故给你的东西不能给你的姐妹。不然，我就不能使你们同样热爱我，因为爱只能平分。叙利亚啊，你和你的近邻埃及、波斯和希腊一样，他们都有像你的羊群一样的羊群，他们也都有像你的牧场一样的牧场。叙利亚呀，被你称作‘衰败’的现象，我则称之为‘应有的睡眠’，紧随其后的便是生机勃勃与兴旺发达。花儿只有经过死，才能重生；爱情只有分别之后，才更火热。”

老翁走近姑娘，伸出手去，说道：“先知之女，握握我的手吧！”姑娘握住老人的手，用泪眼望着他，说：“世代老人，再见吧！”老翁答道：“再见，叙利亚，再见！”

旋即，老翁闪电似的隐去了。少女呼唤着自己的羊，边走边一遍又一遍地说：“能否再次相见？能够再见吗？”

美神宝座前

我从社会逃离出来，徘徊在宽广的山谷中，时而沿溪水前往，时而静听鸟儿鸣唱，终于来到一个枝叶遮天蔽日的地方，于是坐下来，开始独自沉思，自言自语。一颗干渴的心灵，认为一切可见的都是海市蜃楼，而一切不可见的却全是陈酿美酒。

当我的头脑挣脱了物质的监牢，跃入幻梦天际时，我无意中回头一望，忽见一位姑娘站在我的附近。那是一位仙女，不见珠光宝气，没有华衣锦饰，只有一条葡萄藤遮盖着部分肢体，还有一个花环束着金黄色的秀发……她从我的眼神里知道我一时惊愕不已，不知如何是好。她说："我是林地之女，你不要害怕！"她那甜美声音恢复了我部分气息。我说："像你这样的好人怎会住在这野兽出没的凄清野外？用你的生命起誓，告诉我，你究竟是何许人？又从何地而来？"她坐在草地上，说道："我是大自然的象征。我就是你祖辈崇拜的，并在巴勒贝克、艾弗加和朱拜勒为之建祭坛、神庙的那位神女。"我说："那些神庙已经倒塌，我的祖辈的尸骨也已化为净土，他们崇拜的神和宗教的遗迹仅仅留在几页书中。"她说："有的神随着崇拜者的生而生存，伴随着崇拜者的死而死亡，而有的神则依靠永恒的神性长生不老。至于我的神性，它则源于你无论怎样都能看到的美。美就是整个大自然。美本是山冈间的牧羊人、田间的农夫和山与海之间的漂泊者们的幸福起点。美是智者登上颠扑不破的真理宝座的阶梯。”我的心怦怦直跳，在说着口舌不会说的话。我说：“美是一种可怕的力量。”她的双唇间绽现出鲜花的微笑，目光中蕴含着生命的秘密。她说：“你们人类什么都怕，甚至怕你们自身。你们怕天，而天本是安全之源。你们怕大自然，而大自然本是休息的床铺。你们怕众神之主，并将仇恨和愤怒全归罪于它；其实，它即使不是什么仁慈和怜悯，也不是别的什么。”

一阵夹带着美梦的沉静过后，我问她：“美究竟是何物？就像人们对它的赞美和热爱各不相同一样，人们对它的解释和理会千差万别。”她说：“它对于你的心灵有一种吸引力，当你遇到它时，你会感到有数双手从你的内心深处伸出来，以便将它抱到你的内心深处；肉体将它看作一种考验，灵魂把它视作一种馈赠；它可使悲欢之间亲近、融洽、友爱；它隐藏着，你能看到它；它不为人知，你却知道它；它沉默无声，你能听到它；它是一种力量，起自你的圣洁灵魂，终在你的想象之外……”

林地之女走近我，伸出她那芳香的手捂住我的眼睛。当她把手移开时，我发现我独自站在那山谷中。我起身回返，心灵一遍又一遍地重复着：“美，便是你所看到的；你甘愿奉献，无意索取。”

睿智来访

寂静的夜里，睿智到来了，站在我的床边，用慈母般的目光望着我，擦去我的眼泪，说："我听到了你心灵的呼唤声，特来给之以安慰。在我的面前打开你的心扉吧，我将让其充满光明。你尽管发问，我将为你指点通往真理之路。"我说："睿智呀，我是何人？我怎么走到了这么一个可怕的地方？这宏大意愿、丰富图书和奇异画面是怎么回事？这像鸽群飞闪而过的思想是怎么回事？这充满倾向的诗句与富有情趣的散文从何而来？这些令人痛苦、又令人欢欣，拥抱我的灵魂、又涌上我的心头的成果从何而来？这些凝视着我，洞察我的内心深处的眼睛，为何不理睬我的痛苦？这些声音何以为我的当今岁月哭号，却歌唱我的童年？何为青春？为何戏弄我的爱好，嘲笑我的感情，忘却往昔成就，为琐碎小事而欣喜，嫌明天来得太慢？这是什么世界？为何把我带往不为我所知的地方，和我一起站在光彩的立场上？这大地为何张着大口吞噬人的躯体，却敞着胸怀任贪婪魔鬼安居？通往幸福爱情的路上有万丈深渊，人却依旧对之恋恋不舍，原因何在？人为何不顾死神抽打，仍要求与生命亲吻？人为什么宁可用一年的悔恨去买一分钟的享乐？人为何不听梦想的呼唤，却要向困神投降？人又为什么随着愚昧溪流一直走向黑暗海湾？睿智啊，所有这些都是怎么回事呢……"

睿智回答道："人哪！你想用神的眼光看这个世界，却又用人的思想了解未来世界的奥秘，此乃愚蠢至极也。到原野去吧，你会发现蜜蜂在鲜花周围旋飞，苍鹰在向猎物俯冲。进入你的邻居家中，你会看到孩童见火光而惊异的神态，母亲在忙于家务。你要像蜜蜂一样，而不要在静观苍鹰打猎中浪费大好春光。你要像孩童一样为火光而欢喜，让你的母亲安心忙自己的家务。你所看到的一切，过去和现在都是为你而存在的。那丰富的图书、奇异的画面和美好的思想，都是你的先人们灵魂的幻影。你撰写的诗文是你与人类兄弟之间互通的桥梁。令人痛苦，又令人欢欣的成果是往昔播在心灵田地的种子，未来将得到收益……戏弄你那爱好的青春将打开你的心扉，以供光明进入。这张着口的大地会使你的灵魂挣脱你的肉体的奴役。这个带你行走的世界便是你的心，而你的心则是你猜想的那个世界的全部。在你看来愚昧、渺小的那个人，他从上帝那里来，以便用痛苦学习欢乐，从黑暗中获取知识……”

睿智伸手轻摩着我那火热的前额，说：“大胆往前走，绝不要停留，前面就是至美。走啊，不要怕路上的荆棘，因为它只使败血外流。”

一位朋友的轶事

一

我知道他是生活道路上的迷途青年，放浪形骸，无拘无束，拼命满足自己的嗜好。我知道他是一朵柔嫩的花，轻率之风将之吹入了淫荡的汪洋大海。

我是在那个乡村认识他的。当时他就是一个坏孩子：手捣鸟巢，弄死雏鸟；脚踏花冠，葬送美妙。我知道他在学校里是个顽皮少年：懒于读书，骄傲自大，难得安生，总是捣乱。我知道他在城中是浪荡青年：丢尽了他父亲的脸面，把钱都挥霍在淫乱场所，把理性全扔在了葡萄酒店。

但是，我喜欢他；不过，这喜欢当中不免夹带着遗憾与同情。我喜欢他，因为他的种种恶迹并非源于一颗渺小灵魂，而是出自一个柔弱、失望的灵魂。人们啊，灵魂偏离理智之路完全出于无奈，其实它很想回到正道上来。青春时期常有暴风刮起，夹带着沙尘，使人睁不开眼睛，长时间看不清眼前的路况。

我喜欢这个青年，而且诚实待他。因为我看到他那良知的鸽子正与他罪恶的兀鹰搏斗；良知的鸽子战败了，原因在于敌人太强大，绝非因为自己怯懦。良知是正直而软弱的法官，软弱阻碍了判决的执行。

我说过我喜欢他，而这种喜爱的形式不尽相同：有时表现为理智，有时表现为公正，有时表现为希望。我喜欢他，则是我对他的希望，希望他以自己心灵中的阳光战胜暂时的艰难黑暗。然而我还不知道怎样和从哪里下手，以便用清洁取代污秽，用温和取代粗暴，用理智取代鲁莽。人只有在心灵被从物质奴役下解放出来之后，才能知道怎样得到解放；也只有在清晨到来之后，才能晓得怎样微笑。

二

日夜相继，岁月不居。我不时地想起那个青年，总有难以言表的心酸；提到他的名字，禁不住长吁短叹，伤心及肝。直到昨天，我突然收到了他的一封信，信中说：

> 我的朋友，到我这里来吧！我想让你会见一位青年，你会因见到他而心花怒放，也会因结识他而神魂快慰……

我说："我是多么可怜！难道他想让我再结识一位像他那样的朋友，以便与他那令人痛苦的友谊成双结对？或者仅仅他这么一个例子，还不足以说明迷途的结果？莫非现在他想用朋友的作为对那个例子加以补充，以便让我一字不漏地读完那本物质的书？"然后，我又说："我去！灵魂可凭其智慧从鼠李树上采摘无花果，心可凭借自己的爱从黑暗中撷取光明……"

夜幕垂降，我去了他那里。我发现他独自坐在房间里，正在读诗集。我向他问安之后，惊异地发现他面前只有书，便问他："新朋友在哪儿？"他说："亲爱的好友，就是我，就是我哟！"之后，他以我从未见过的平静和从容坐了下来。他望着我，二目中闪烁着奇异的光芒；那光芒足以穿透胸膛，穿透周身。他那两只眼睛，我曾注视过，但看到的只有凶狠与残暴；如今，闪出的却是使人感到心里温柔的光芒。之后，他用似乎发自另外一个人口中的声音说："你在童年认识的、学校里陪伴的、青年时代相随的那个人已经死去，我正是从他的死中诞生的。我是你的新朋友，请拉我的手吧！"我伸出手，刚一拉住他的手，便感到他那手里有一个温情的灵魂在随血液流动。那只粗硬的手已变得柔软嫩滑，昔日像虎爪似的手指变得细软，即使触摸人的心，也不会留下任何伤痕。我记得，我当时说的话有些离奇。我说："你是何许人呀？你是怎样走的？又到了哪里？究竟圣灵把你当作神庙崇拜，还是你在我的面前正扮演诗剧里的一个角色？"他说："我的朋友啊，是的。圣灵已降临到我的身上，并且对我顶礼膜拜。正是伟大的爱情，使我的心变成了圣洁的祭坛；我的朋友哟，那就是女人啊！被我往昔猜想为男人玩具的女人，把我从地狱的黑暗中拯救出来，并为我打开了天堂之门，我走了进去。真正的女性将我带到爱情的约旦河[1]，并为我施洗；由于无知，我曾蔑视她的姐妹，而她却把我推上了光荣宝座；由于愚昧，我曾玷污过她的同伴，而她

[1] 《圣经·新约》中的《马太福音》详细描述了耶稣的生平故事。据故事讲，耶稣在伯利恒降生。耶稣长大后，听说先知约翰在约旦河传道，并为众人施洗。耶稣于是来到约旦河，见了约翰，要他给自己施洗。约翰起初推辞，在耶稣的坚决要求下，约翰给他施洗。

却用温情净化了我的灵魂；我曾用黄金奴役她的同性人，而她却用自己的美解放了我……正是女性用自己的强烈意愿和亚当的软弱，将亚当逐出了伊甸园[1]；如今，她又用自己的怜情和我的温顺，将我送回那座天堂。”

那时刻，我望着他，发现他双眼里闪着泪花，唇间含着微笑，头上戴着爱情的光环。我靠近他，亲吻他的前额，就像牧师亲吻圣坛那样，向他祝福，为他祈祷。之后，我告别了他，返回的路上，一遍又一遍地重复着他的话：“正是女性用自己的强烈意愿和亚当的软弱，将亚当逐出了伊甸园；如今，她又用自己的怜情和我的温顺，将我送回那座天堂。”

---

[1] 《圣经·旧约》中的《创世记》载，上帝造了一男一女，并将二人安排在伊甸园里，让他们结为夫妻。夫妻二人受蛇（魔鬼）的引诱，偷吃了树上的禁果，顿时眼睛明亮，发现自己赤身裸体，便摘树叶来遮盖。上帝得知后，便将二人赶出了伊甸园。

现实与幻想之间

生活背着我们从一个地方走到另一个地方，命运领着我们从一种环境转移向另一种环境，而我们行进的路上无处不是障碍，我们听到的声音无不使我们胆战心惊。

我们看到美神端坐荣誉宝椅，于是接近他，以思念之名弄脏了他的衣边，摘下他那圣洁的王冠。爱神走过我们的身边，穿着告别的衣衫，我们害怕他，于是躲藏在黑暗洞穴，或者跟在他的身后，以他的名字干尽坏事；我们当中的明智者，将爱神当作桎梏背在身上，虽然他比花香轻柔，较黎巴嫩的微风和煦。智慧之神站在街口当众呼唤我们，而我们却认为他是虚妄，就连他的追随者也看不到眼里。自由女神邀请我们赴宴，与她同饮共餐，我们去了，大吃大喝，于是宴会变成了信意非为的舞台和自我轻蔑的场所。大自然向我们伸出了友好之手，要我们享受它的美，而我们却害怕它的寂静，于是躲到城市，只见城中的人越来越多，就像看见饿狼的羊群，相互拥挤在一起。现实带着稚童的微笑或亲吻造访我们，而我们却紧锁情感的大门，像罪犯一样躲避。人心向我们求救，灵魂呼唤我们，而我们比无机矿物还聋，全然不去理会；有谁听到自己心的呼喊和灵魂的召唤，我们会说："这是个疯子，赶快躲开他！"

黑夜如此闪过，而我们不知不觉；白昼与我们握手，而我们既怕黑夜，又怕白昼。神本来属于我们，而我们却接近土。饥饿在吞噬着我们的力量，而我们从不去尝生活的面饼。

生活是多么可爱，我们距生活又是多么遥远！

致我的穷朋友

朋友，你生在不幸摇篮，长在屈辱怀抱，在专制门庭虚度青春，边叹息边吃你那干面饼，和着泪滴喝下污水。

兵士，人的不义法律迫使你别离妻、子和亲人，为了被他们称为义务的贪婪野心而奔赴沙场送死。

诗人，你作为异乡人生活在自己的祖国，在熟人当中不为人所知，甘愿靠一口食物生活，伴着墨水和稿纸度日。

囚犯，你因为小小过错而被投入黑暗监牢，那些主张以怨报怨者的谬论将小错夸大，就连希望以腐败进行改良者的理智对之都感到诧异。

可怜的烟花女，你那天赐美貌被花花公子盯住，他紧追你，引诱你，用金钱征服了你的贫困，你屈从了他，而他却弃离了你，让你像猎物一样，在屈辱和不幸魔爪中颤抖。

我的弱者好友们，你们都是人类法律的牺牲品。你们是不幸者，你们的不幸源于强者的横蛮、统治者的暴虐、富者的为富不仁和淫荡者的自私。

你们不要失望！超越这个世界的不公，超越这物质，在这乌云之外，在这苍穹之后，在这一切之后，有一种力量，那才是真正的公正、完全的怜悯、地道的温情和完美的爱。

你们是生长在阴影中的花。和煦的微风将吹过来，把你们的种子带到阳光下，你们将在那里获得美好新生。

你们是冬雪重压下的光秃树木。春天将要到来，为你们披上繁茂的绿叶。

真理将撕下遮盖你们微笑的泪帘。

兄弟们，我亲吻你们！我蔑视压迫你们的人！

田野上的哭声

拂晓时分，红日尚未从朝霞后露面，我坐在田野里与大自然亲密交谈。在那充满纯与美的时刻，人们还在被窝里，时而魂游梦境，时而睁眼醒来，而我却头枕着草地，向我看到的一切，探询美的真谛；向可看到的一切，求问何为真正的美。

当我的想象力将我与世俗人间分开，又把物质的布片从非物质的自我上揭去时，我感到我的灵魂得到了升华，使我正在接近大自然，向我展示着大自然的秘密，让我明白大自然界中万物的语言。

就在这时，一阵微风从树枝间吹过，就像绝望的孤儿那样不住叹息。我问道："和煦的微风啊，你为何叹气？"微风答道："烈日炎炎似火烧，我被迫向城里逃，不料城中病菌缠住我的纯净衣角，人的有毒气息也将我死死粘住。因此，我痛苦不堪。"

随后，我向花儿望去，但见百花眼里的露珠化成了泪珠，簌簌滴落不止。我问："美丽的鲜花呀，你们为何哭泣？"其中一朵花抬起它那秀雅的头，说道："我们之所以哭泣，是因为人就要来了。他们折断我们的脖颈，把我们带到城里去，就像奴隶一样把我们卖掉，可我们都是自由人呀！夜晚来临，我们凋零，他们便把我们扔进垃圾堆里。人的手如此残酷凶狠，将我们与我们的故乡田野分离开来，我们怎能不哭呢？"

片刻后，我听到小溪像失去儿子的母亲一样哭号。我问小溪：

“甘甜的溪水呀，你为何号哭？”小溪答道：“因为我情不自愿地流到城里，那里的人却看不起我，用葡萄汁取代我而饮用，只是利用我来承载污垢。我这洁净之体很快就会变得污浊不堪，我怎能不痛哭悲号呢？”

旋即，我侧耳细听，听见鸟儿在唱悲歌，酷似号丧。我问道：“美丽的鸟儿，你为何号丧呢？”鸟儿靠近我，站在枝头，说：“人就要来了，带着地狱里的刑具，像用镰刀割庄稼那样，将我们消灭。我们现在正在互相诀别，因为我们不知我们当中谁能幸免于不可逃避的命运。我们走到哪里，死神跟到哪里，我们怎能不号丧呢？”

朝阳爬上东山，树头戴上金黄色的冠冕。我自问：“人为什么要毁坏大自然的建树呢？”

茅屋与宫殿

一

夜幕垂降，富翁的公馆里灯火辉煌，仆人们站在大门口，个个身着锦衣华服，人人胸前纽扣闪光，等待着宾临客至。

乐队高奏着欢乐的迎宾曲，众贵族男女乘坐香车宝马陆续来到公馆前，男的绣金锦袍加身，女的拖着显示富贵的长裙，一个个高视阔步，扬扬得意地步入大门。

男人们站起邀女子跳舞，女人们选定舞伴，刹那间，大厅变成了舞曲惠风拂面的乐园，百花随风起舞，翩跹摇曳，春意盎然。

夜半时分，筵席摆就，种种美味俱全，色色鲜果均有。宾主举杯把盏，尽饮玉液琼浆，人人直喝得酩酊大醉，头昏目眩，东倒西歪。

晨光初照，熬了一整夜的贵族男女，酒喝得醉意蒙眬，舞跳得精疲力竭，个个无精打采，方才散伙，各自爬上自己的软床睡觉去了。

二

日落之后，一个身穿劳动服的男子汉站在一座简陋茅屋门前。敲过门，门开启了，他走了进去。他微笑着向家人问安之后，和孩子们一起坐在火旁取暖。片刻后，妻子备好了晚饭，一家人围木桌而坐，大口大口吃得又香又甜。饭后，他们走去，坐在一盏油灯旁，那灯头发出的黄色微弱光箭直射黑暗。

一更天过去，他们不声不响地站起，然后躺下，酣然进入梦乡。

黎明时分，那男子汉起床后，与妻儿一起吃过些许面饼和牛奶，一一亲吻家人，继之肩扛大锄走向田地。他要用自己额头的汗水浇灌土地，收获食粮，以供养昨夜纵酒狂舞作乐的富人们。

太阳升上东山，炎热之神的脚重重地踏在耕夫的头上，而那些富人仍在他们巍峨宫殿里安睡在梦中。

这是人类舞台上长演不衰的悲剧，为之叫好的观众大有人在，而静心沉思者却很少很少。

两个婴儿

国王站在宫殿阳台上，呼唤聚集在御花园的人们，说道："我向你们报喜，我向国家道贺！王后生下一个王子，他将传承皇家光荣门第的尊严，同时是你们的荣耀，还将成为列祖列宗留下的基业继承人。你们欢呼吧！你们的未来就寄托在王家子孙身上。"

众人齐声欢呼，欢声直上云天，热烈庆贺王子降生，衷心祝贺他在富贵摇篮里发育，在慈爱花台上长大，日后成为操纵奴隶生杀大权的绝对统治者，以自己的力量控制弱者的命运，随便使用他们的肉体，信意毁灭他们的灵魂。因此，他们兴高采烈，喜唱欢歌，沉湎于醉态之中。

就在那座城中居民赞颂强者、蔑视自己、歌唱专横者的大名，而天使却为他们的渺小哭泣之时，在一个被废弃的简陋房子里，有一妇人躺在病榻上，火热的怀里抱着一个用破烂襁褓包裹着的婴儿。

那是一位年轻女子，岁月注定她贫困不堪；贫困便是不幸，人们置之不理。她是一位妻子，国王的暴虐夺去了她丈夫的生命。她孤身一人，那天夜里，神给她派来了一个小伙伴，缠住了她的双手，使她无暇劳作、谋生。

街上人的喧闹声静息下来，那个可怜的女人将婴儿抱在怀里，望着孩子那闪亮的两眼，痛哭不止，仿佛想用热泪为孩子施洗。她用足以使顽石为之破裂的声音说："我的心肝宝贝儿，你为什么要从灵魂世界来到人间呀？你想分担我的痛苦生活呢，还是你要怜悯我的虚弱？你为什么要离开天使和广袤天国，来到这个充满不幸和屈辱的狭窄人间？我的独生儿啊，我只有泪水，泪水能替代奶汁将你喂饱吗？你能穿我这赤裸的双臂当衣物吗？小牲口能吃青草，然后在窝棚里放心过夜；小鸟儿能啄食籽粒，然后安栖枝间巢中；你呀，我的孩子，除了我的叹息和虚弱，一无所有啊！”

妇人将孩子紧紧搂在自己的胸口，仿佛想使二体合一。她抬眼望着上方，大声喊道：“主啊，怜悯怜悯我们吧！”

乌云散去，月亮显现，柔和的月光透过窗子，映入简陋的房间，洒在两具冰冷的尸体上……

旅美派[1]诗人

假若海里勒[2]想到自己精心串起的诗歌韵律璎珞会变成衡量才智的标准和拴缀思想珠母的绳线，那么，他定会割断连线，将璎珞抛撒。

假若穆台奈比[3]和伊本·法里德预料到自己的作品会变成迟钝思想的源泉和牵着情感的缰绳，那么，二人定会把墨水泼洒在被废弃的坑里，将笔杆用轻率的手折断。

假若荷马[4]、维吉尔[5]、麦阿里[6]和弥尔顿[7]的灵魂，得知用近乎上帝的心神凝成的诗篇将落脚在富人宅邸，那么，他们的灵魂定会离开我们的地球，躲藏到众行星后面。

---

❶ 指由旅居美洲的主要由黎巴嫩和叙利亚作家所组成的现代阿拉伯文学流派。纪伯伦为其中代表人物。

❷ 海里勒·伊本·艾哈迈德（？—786），第一位总结阿拉伯诗歌韵律的语言学家。

❸ 穆台奈比（915—965），阿拉伯阿拔斯王朝时代大诗人，留传下来将近三百首诗歌，达五千多行。其代表作有《荣誉归不可辱者》《泪别》《行动取决于决心》《壮志凌人》等。

❹ 荷马，指创作古希腊两大史诗《伊利亚特》和《奥德赛》的一个或几个诗人。

❺ 维吉尔（前 70—前 19），古罗马诗人，只活了 51 岁。其在生前就已被公认为最重要的罗马诗人，《埃涅阿斯纪》史诗为其代表作。

❻ 麦阿里（973—1057），阿拉伯诗人、作家。幼年因患天花双目失明。著有散文作品《宽恕书》，以丰富的想象力，对社会、宗教、传统以及关于天堂、地狱的传说表示了怀疑，采取嘲讽和批判的态度。后人往往将它与但丁的《神曲》相比拟。

❼ 弥尔顿（1608—1674），英国诗人，著有长诗《失乐园》《复乐园》《力士参孙》等。在英国诗人中，他的地位常排在莎士比亚之后。

我并非固执之辈，但我实在不忍眼见灵魂的语言沸于蠢人之口，神灵的墨水流淌在自矜博学者的笔下。并非我一人对此不满；相反，如你所见，有许多人看到青蛙把自己吹得像水牛一样大，心中气愤不已；我不过是这许多人当中的一个罢了。

寄居在神魂，饥餐心田，渴饮情感。倘若不是这样而来，那么，它便是假基督，必被抛弃。

诗神啊！埃拉托[1]！请你宽恕那些只用夸夸其谈接近你，而不用灵魂的尊严和思想的想象力崇拜你的那些人的罪过吧！

众人啊！诗是有形的神圣灵魂，来自苏醒心灵的微笑，或者催人泪下的叹息。诗是幻影，从永恒世界高天望着我们灵魂的诗人啊，我们本无缘走近你们用思想珍珠和心灵宝石装点的圣坛。只因我们这个时代里铁器叮当响，工厂噪声杂，故而我们的诗来得那样沉重，就像火车，还夹带着汽笛声。

---

[1] 埃拉托，希腊宗教中的九位缪斯女神之一，主管抒情诗。传说她是色雷斯诗人萨米里斯的母亲。萨米里斯在夸口他的诗歌能胜过缪斯女神之后，立刻被她们打得既瞎又聋。

在日光下

我查看我手所经营的一切事和我劳碌所成之功，
谁知万事皆属虚空，均为捕风，在日光下毫无益处。
——《传道书》[1]

遨游在灵魂世界太空中的所罗门[2]的灵魂，脱去了我们现在仍穿在身上的物质衣服的人哪！你身后留下了发自软弱和失望的语言，而在肉体的俘虏中又滋生出了软弱和失望。

现在，你知道这人生自有意义，就连死神也无法将之抹去；可是，这种只有灵魂摆脱净土监视后才能领略的知识，人怎能通晓呢？

现在，你知道人生并不像捕风，太阳下也并非万事皆属虚空，而是万物皆实际存在，永远朝着真理运动。但是，我们这些可怜人坚持你的话，总是深思熟虑它，仍然将之认作灿烂智慧结晶；你也知道，那是一派胡言，尽毁智力，泯灭希望。

---

❶《传道书》，《圣经·旧约》中的一卷书，为犹太智慧之书，书共十二章，相传为所罗门所作。书中用生动的语言来谈人生的宗教哲理，宣传九个方面的思想：万事皆属虚空；万事均有定时；上帝决定一切；人的劳碌无益；人世不平；人终究一死；厌世与恋世的矛盾观；人当尊重智慧之美；人必敬畏上帝。

❷ 所罗门，古代以色列国王，犹太伯利恒人。他重知识，求智慧，人们把他看成智慧的化身。他既是政治家，又是作家和学者。在位四十年，死后，由儿子罗波安继位。

现在，你知道愚蠢、邪恶和暴虐都具有堂皇理由，而我们只能通过智慧的外在表现、美德的功绩及公正的果实来认定什么是美。

你知道，痛苦和穷困能纯洁人心，而我们的有限智慧所能看到的自由存在物只有宽裕和欢乐。

现在，你知道灵魂在征服生平中的各种障碍走向光明，而我们则仍然重复着你的话，意指人不过是无名力量手中的玩具。

你后悔自己散布了那样一种精神，削弱了人对今日生活的热爱，泯灭了人对来日生活的迷恋，而我们却仍然坚持背诵你的话语。

居于永恒世界的所罗门的灵魂啊，请你启示那些喜欢哲理的人，要他们不要走上失望和不信之路。因为那有可能成为无意中所犯过错的赎金。

展望未来

我听到现代高墙后传来人类的赞歌声。我听见钟声振动了以太的分子，宣布美神殿堂里开始祈祷；那钟由源于情感金属的力量铸就，并且高高置于自己的圣殿——人心——之中。

我看到未来的后面有一群人正跪在大自然的胸膛上，面向东方，等待真理的晨光显现。

我看到城市已经被毁，只留下一片废墟，告诉人们黑暗已在光明面前彻底败北。

我看到老年人坐在杨柳树荫下，而孩子们坐在他们周围，正在听往日的故事。

我看到小伙子们在弹琴、吹笛，姑娘们披着长发，围着他们在素馨、茉莉花枝下翩翩起舞。

我看到壮年男子在收割庄稼，而女子们则忙于捆绑抱运，还唱着充满欢乐、愉快的歌。

我看到妇女用百合花环取代了破衣烂衫，将翠绿树叶做的带子系在腰间。

我看到人与万物和睦相处，鸟儿和蝴蝶大胆地飞近人身，羚羊群放心地走向溪边。

我再仔细观看，已不见穷困，也不见奢华，只见彼此平等，亲如兄弟。看不到医生，因为每个人都成了医生，尽可凭借自己的知识和经验为自己施治。看不到牧师，因为良知已成为伟大的牧师。看不到律师，因为大自然取代了法庭，已为人们之间订好亲善友好条约。

我看到人已知自己乃万物基石，因而不屑于计较琐碎，揭去了灵魂慧眼上的模糊纱巾，面前豁然明亮，可读乌云写在苍天脸上的字迹，能识微风留在水面上的图样，善悟百花芳香的真谛，更知鳦鸟、夜莺歌声的内涵。

在现代高墙之后，在未来数代人的舞台上，我看到美如新郎，心灵是新娘，整个生活就像“盖德尔之夜”。

幻想女王

我走到台德木尔[1]废墟时，已是精疲力竭，于是躺在草地上休息。那青草生存在石柱之间，岁月已将那些石柱拔起，让它们横躺竖卧在低矮的地上，看上去就像大战留下的残垣断壁。我仔细端详着那些庞然大物，闭目沉思它们辉煌的往昔。它们如今变得破烂不堪，乱石一堆，而细微小草却依然茂盛青翠。

夜幕垂降，互不相关的万物一起披上寂静的外衣，我感到周围的空间里有一种流体，正在与香料斗香，与佳酿比醇，于是不由自主地吸了一口，只觉得数只无形的手掐住了我的脑袋，遮住我的眼帘，使我的灵魂摆脱了锁链。旋即，地动天摇，我在一种奇迹力量的推动下猛然一跳，顿时发现自己落在了一座花园里。那是人绝对想象不出的一座花园：一群妙龄少女身上穿着美服，在我的周围走动，步履轻盈，脚不触草坪；口里唱着用爱情美梦编织的赞歌，玉指弹着金弦象牙吉他。我来到一块空地，见中间摆放着一把镶嵌着珠玉的宝座，两厢的舞台上放射着彩虹似的七色光。少女们分站左右两厢，歌声琴声更加嘹亮，明眸一起转向散发着没药、乳香芳馨的地方。就在这时，忽见一女王出现在花枝丛中，缓步向宝座走去。女王刚刚在

---

[1] 台德木尔，叙利亚著名古迹，系季诺碧亚女王（267—272 年在位）的帕米拉王国故址。

宝座上坐稳，忽见一群雪白的鸽子飞来，稳稳降落在女王脚下，排成一弯新月形状。

一切齐备，少女们簇拥着女王，高歌女王的光荣；香烟如柱，依依升腾，以表对女王的敬仰。我站在那里，观看着人的眼睛未曾见过的美景，聆听着人的耳朵未曾领悟过的妙音。

只见女王用手一指，一切活动静止下来。女王开始发话了，她的声音就像玉指轻弹琴弦那样动我心神，似乎也感动了周围的一切，仿佛万物都有耳有心，均在聆听她的话语。

女王说："人哪！我是幻想舞台之主，是我邀请你前来；我是梦想森林女王，是我要你站在我面前。请听我的忠告，并向人类传达，就说：幻想城是新房，守门者是位巨人，只有穿着结婚礼服的人才准进门；幻想城是天堂，守卫者是爱神，只准前额上有爱情烙印者观看；幻想城是想象田野，河水美如酒，飞鸟似天使，花儿香四溢，唯有幻梦之子才配踏上。你要告诉人类：我曾赠予他们充满欢乐的酒；由于愚昧，他们将之泼掉。黑暗之神到来，将杯子斟满苦汁，他们却一口饮下，终于烂醉。你要对人类说：只有手指触摸着我的绶带，二目望着我的宝座的人，才能在生命的吉他上弹奏出美妙乐声。以赛亚[1]用我的爱恋之线将智慧串成项

---

[1] 以赛亚，《圣经》中的人物，犹太人，著名先知。他反对偶像崇拜，坚持一神论原则。他告诫人们：除了上帝耶和华，再无别的真神。人们背离上帝，所以灾难重重，只有信奉上帝，才能得到拯救。他一生说了很多预言，如亚述必灭的预言、以色列人被掳的预言、巴比伦败落的预言、基督降生的预言，等等，后来都成为史实。荣获文学巨著美称的《以赛亚书》，相传为他所写。

链；约翰[1]用我的口舌讲述自己的梦境；但丁[2]在我的引领下才走进了灵魂洞天。我是拥抱真实的隐喻，我是你要对人类说：思想有自己的故乡，它比可见世界纯洁高尚，欢乐的乌云也无法玷污它的天空；想象有自己的画面，呈现在神灵的天空，映入心灵的明镜，灵魂得以挣脱凡尘之后，它的希望就可以化为现实。”

刹那间，少女们歌声飞扬，烟柱升腾直上，遮住了我的视线。继之，地动天摇，我发现自己身处令人痛苦的废墟之间。此时此刻，黎明在微笑，我的双唇间喃喃有声：“不在梦幻舞台欢度时光的人，便是岁月的奴隶。”

---

[1] 约翰，耶稣的十二使徒之一，渔夫西庇太的儿子。一天，他和哥哥雅各在船上补网，被耶稣召唤，跟从了耶稣，后来成为耶稣喜欢的门徒。耶稣死后，他不畏艰险，宣传福音，创办基督教会。相传，《圣经》中的《约翰福音》《约翰书》和《启示录》，均为他所作。

[2] 但丁（1265—1321），意大利著名诗人，《神曲》为其代表作。

致非难者

非难我的人，不要打搅我，让我独自待一会儿吧！情侣的俊美使你爱在心中；母亲的慈爱在你心里无比可靠；儿女的情感将你的神魂打动。我求你凭这一切起誓，不要管我，让我自主行事吧！

请让我独自行事，自由做梦。请你忍耐到明天，任凭明天对我裁决。

你曾对我提出忠告，而忠告不过是幻影，只能把心灵带往彷徨天地，引导心灵走到生命僵死如土的地方。

我有一颗微小的心，我想把它从胸中掏出来，托在掌上，仔细探究它深处的秘密。非难我的人啊，请你不要用你那信念的利箭伏候着它，致使它因为害怕中箭而躲进胸腔，既无暇倾出心血，也不能尽情用美和爱尽时光赋予它的义务。

太阳已经升起，夜莺、蒿雀唱个不停，桃金娘、紫罗兰花馨四溢。我想挣脱卧榻黏缠，随着雪白羊群前进。非难我的人哪，不要对我那样严厉，不要用林中猛狮、山谷毒蛇恫吓我！因为我的神魂不知何为恐惧，不善于警戒厄运来临。

非难我的人，莫要管我，也不要告诫我！因为灾难打开了我的眼界，泪水洗刷了我的眼帘，痛苦教会了我用心语。

请不要提那些禁令！我的良知里就有一个法庭，会对我做出公正判决：假若我确乎无辜，它会保护我免受惩罚；我如真是罪犯，它定会让我得到报应。

请看，爱的队伍已经走了，美举着爱的旗帜紧紧跟上，青年们边走边吹奏着欢乐乐曲。非难我的人呀，你不要阻拦我，让我跟着他们前进吧！请看，眼前的道路上铺满了玫瑰花和香草，空气中充满着麝香的芬芳。

请把我从利禄功名的说教中解放出来！因为我的心灵不再需要那些，只是沉醉在上帝的荣光之中。

请让我免受政治、权势的纠缠！因为整个大地是我的故乡，所有人都是我的同胞。

爱情蜜语

我的美人儿呀，你现在在哪里？你是在小花园里浇灌那些爱你如同婴孩恋母的花儿；还是在自己的闺房，那个你为圣洁建造了祭坛，我誓愿以灵魂和生命献祭的地方？或者你在书海徜徉，虽然你已满腹经纶，还想更多地汲取人类的智慧？

我心灵的伴侣，你在何方？你在庙堂为我祈祷，还是在田野与你钦敬和梦想的大自然亲切交谈？或者在受苦人的茅舍里，用你那甜润的心灵安慰苦心欲碎的女人，并且慷慨施予她们以思想？

你无处不在，因为你是上帝灵魂的一部分；你无时不有，因为你强健胜过光明。

你可记得我们相聚的夜晚？你的心灵之光在我们周围形成光环，爱的天使围绕着我们，我们尽情歌颂圣灵的伟业。你可记得我们同坐在树荫下的白天？浓荫遮蔽着我们，仿佛有意挡住人们的视线，就像肋骨将心的神圣秘密遮掩。你可记得我们走过的小径、斜坡？你我的手指，就像你的辫子一样，发束相互编在一起；你我头依着头，酷似你保护着我，我保护着你。你可记得你来告别的时刻？你拥抱我，亲吻我。你给我的是圣母马利亚式的一吻，我从中知道，唇与唇一旦相吻，便带来了语言难以表述的天上秘密。那一吻是双双合叹一口气的前奏，那一口气就像上帝吹入泥中的那口气，泥顿时变成了人；那一口气，先于我们到达灵魂世界，宣布你我两颗心灵的高贵，在那里一直待到我们与之相会，永不分离……之后，你亲吻我，再亲吻我，流着泪说：“肉体有说不清、道不明的志趣，往往因为世间琐事和微小目的而分别远离；灵魂则不同，总是安居爱神掌中，直至死神降临，将之带往上帝那里。亲爱的，你去吧！生活既然委派你完成什么使命，你就乖乖服从她吧！生活是位美女，她会让服从者饱饮满杯的甘甜多福河[1]水。至于我嘛，你的爱就是与我朝夕相伴的新郎；思念你，那便是经久不散的吉庆婚礼。”

我的情侣，你现在在哪里？每当微风吹向你那边时，我总是让它带去我的心脏搏动声和周身的隐秘。莫非你静夜里没有入睡？或者在静观意中情郎的肖像？那肖像已不似今日的他：往昔他因在你的身旁而眉头舒展，如今痛苦已在他的额上投下了阴影；往昔他的眼睑因用你的美搽涂而神采飞扬，如今已因哭泣而枯皱不堪；往昔他的双唇因你亲吻而富有润泽，如今已因干裂而失颜。

亲爱的，你在何方？你在大海后可能听到我的呼喊和哭声，看得见我的虚弱和低贱，晓知我的耐心和坚忍？莫非天空中没有能传达一个痛苦临终人声息的灵魂？难道心灵之间没有报送一位弥留中情人苦衷的无形连线？

我的生命啊，你在哪里？黑暗已将我扼住，悲伤已将我压倒。只要你在空中微笑，我就能恢复精神；只要你在苍穹呼吸，我就能重获生机。

亲爱的，你在何方？你在哪里？

啊，爱情是多么伟大，而我又何其渺小！

---

[1] 多福河，神话传说中天堂里的一条河。

罪犯

路当中坐着一个乞讨青年。那青年本来身强力壮，饥饿已使他体弱无力，于是坐在街口，伸手向行人乞讨，朝行善者求救，一遍又一遍重复着自己处境可怜，诉说着饥饿如何痛苦难忍。

夜幕垂降，他已唇干舌燥，而他的手仍然空如饥腹。这时，他站起来，用泪水模糊的双眼望着天空，在饿神的口授下说：“主啊，我到财主那里找活儿干，结果因为我衣衫褴褛被赶了出来；我叩学校的大门，因为我两手空空被拒之门外；我求别人雇用我，哪怕只能糊口，说来倒霉，我竟被驱赶。最后，我只得沿街要饭。主啊，你的信徒们看见我却说：‘这小子身强力壮，即使行善也不能施予懒汉！’主啊，母亲按照你的意志生下了我，我现在正是因你的存在而活着；我以你的名义乞讨，为什么人们却不肯给我一块面饼？”

一时间，失望的青年脸色顿改，猛地站了起来，二目里闪着灰一样的光，折下干树枝做成大棒，指着城市大声喊道：“我用额头的汗水求生活而未得生活，我将用我的臂力去求生活。我以仁爱之名乞讨面包，人们听不见我的喊声，我将用邪恶之名抢夺，还要得到更多……”

几天过去了，青年为抢项链砍断了若干脖颈；他的欲念受到阻拦，便动手捣毁灵魂的圣殿。青年的财富大增，凶残也出了名，博得大盗们欢喜，百姓们闻之心惊。后来，就像国王选派自己的代理人一样，那位国王选定那个青年作为他的代表主管那座城市。

就这样，人们用自己的吝啬把一个可怜的叫花子造就成了刽子手，用自己的冷酷将一个温和的人改造成了杀人罪犯。

情侣

第一眼

那第一眼，是分开人生醉与醒的一瞬。那第一眼，是照亮心灵各个角落的第一柄火炬。那第一眼，是人心之琴第一根弦奏出的第一声神奇乐音。那第一眼是短暂瞬间，却可以使心灵重听往日的故事，向心灵之眼揭示夜的作为，向心灵的洞察力显露这个世界本质的功绩，并且吐露未来世界的永恒秘密。那第一眼，是阿施塔特从空中抛下来的一粒果核，眼睛将之投入心田，情感促其发芽成长，心灵令其开花结果。来自情侣的第一眼，就像飘荡在海面上的圣灵，天和地由之而诞生。来自终身伴侣的第一眼，酷似上帝之言："就这样！"

第一吻

上帝将爱情的多福河水斟满杯子，把杯饮下的第一口，便是那第一吻。怀疑会令相信中充满痛苦，而相信则会使欢乐弥漫心间；怀疑与相信的界限，便是那第一吻。那第一吻，是精神生活长诗的开端，又是理想人生小说的第一章。那第一吻，是连接平淡过去与辉煌未来的纽带，将情感的静默与歌声集于一体。那第一吻，是四片嘴唇同时说出的一句话，宣布心变成了宝座，爱情是国王，忠诚是王冠。那第一吻，是柔雅一触，就像微风指头轻抹玫瑰花唇，带着美味的长叹和甜滋滋的轻轻呻吟。那第一吻，是销魂的颤抖之始，正是它将情侣双双脱离度量衡世界，走进梦悟天国。那第一吻，将秋牡丹与石榴花结合为一体，混合起两种花的气味，从而生出第三种气息……如果说第一眼是爱情女神抛入人的心田的第一颗果核，那么，第一吻就像生命之树第一枝头开出的第一朵花。

结婚

在这里，爱情将生活的散文写成诗篇，把生命的意义编成书卷，供白昼朗读，供黑夜吟唱。在这里，思念揭去了遮掩往年隐秘的层层幕幔，集星点乐趣组成了只有灵魂拥抱主时才能得到的幸福。结婚，就是两性神格结合在一起，在大地上创生第三种神格。结婚，就是用爱情将两个强者结合在一起，共同抵抗一个可恶的弱者。结婚，就是将黄色的美酒与红色的佳酿混合，产生出类似黎明到来时朝霞显现出的金黄色。结婚，就是两个灵魂和谐一致，两颗心联合化一。结婚，是一条长链的一个金环，那长链的首端是第一眼，其尾不见终点。结婚，是圣洁天空降向神圣大自然的纯净春雨，以便开发吉祥大地的潜力……如果说来自情侣的第一眼是爱情女神抛入人心田的第一颗果核，而来自情侣双唇的第一吻像生命之树第一枝头开出的第一朵花，那么，与情侣结婚就像是那颗果核开出的第一朵花结出的第一颗果子。

幸福之家

我的心在我的胸中待得疲倦了，便告别我去了幸福之家。他到了心灵崇拜的那座殿堂，站了下来，不禁感到茫然。因为他没有看到他久所想象的一切。他既没有看到力量，也没有看到金钱，更没有看到权势。他只看到一个青年——壮美，及他的女伴侣——爱娘，还有他俩的女儿——智慧。

我的心对爱娘说："爱娘，满足在哪里？我听说它和你们在一起住在这个地方。"爱娘说："满足走了，躲到城里那个贪欲集聚的地方去了。我们不需要它。幸福不求满足，幸福是追求拥抱的一种向往。满足是一种安慰，与之相伴的是遗忘。永恒的心灵永不满足，因为它追求完美，而完美是没有止境的。"

我的心对壮美说："壮美呀，让我看看女人的秘密吧！因为你满腹经纶，求你启迪开导。"壮美说："人心哪，女人就是你呀；你怎样，她就怎样。女人就是我；我到哪里，她就到哪里。女人就像未经愚昧之辈扭曲的宗教；女人就像乌云未遮的圆月；女人就像没有被腐败气息纠缠的微风。"

我的心走近壮美与爱娘的女儿智慧，说道："把智慧给我，让我把她带到人间去吧！"爱娘回答道："你要说，她就是幸福：始于心灵最神圣的圣地，而非来自外部。"

过去的城

生命带着我站在青春山脚下，示意我向后看。我转身向后一望，只见一座形状、房舍奇异的城市，伏卧在平原当中；那里幻象起伏，五彩蒸气升腾，构成一层薄雾纱幔，几乎将城市遮掩。

我问："生命，这是什么？"

生命说："那是过去的城市，请你好好看看！"

我极目仔细观看，但见：行动学院像巨人一样坐在睡眠之神的翅膀下；言语寺院的周围有一群幽灵在盘旋，时而发出绝望的呼叫，时而唱着希望的歌；信仰建起的宗教庙堂，旋即被怀疑捣毁；思想的宣礼塔高耸入云，酷似乞讨者伸出的手；偏好的大街延伸开来，就像河流穿行在山丘之间；隐藏看管的秘密仓库，却被询问盗贼窃光；勇敢假造的脚塔，却被恐惧拆毁；黑暗装饰起来的梦幻大厦，随即又被苏醒毁掉；小人物的茅屋里住着软弱，孤独寺里站着忘我；知识俱乐部被智慧照亮，随即又被愚昧弄得一片黑暗；情侣们在爱情酒店醉倒，幽会却将他们嘲笑；生命在人生的舞台上演自己的喜戏，死神来临结束自己的悲剧。

生命在我前面引路，说道："跟我来吧！我们站得太久了。"我说："生命，去哪儿？"生命说："到未来城里去。"我说："慢点走！我已走得疲惫不堪。岩石弄伤了我的双脚，障碍已使我精疲力竭。"生命说："走吧！停步就是怯懦；仅仅回眸过去的城便是愚蠢。"

相会

当夜色用宝石般的繁星装饰完天空之时，一位仙女从尼罗河谷腾起，无形的翅膀发出沙沙的响声。那仙女坐在彩云宝座上，宝座闪烁着银白色的月光，高高飞翔在地中海上空。一群遨游在太空的精灵从仙女面前闪过，高声呼道："神圣啊，神圣，神圣的埃及女儿！她的光荣弥漫整个大地。"

与此同时，一位青年的幻影，由六翼天使们用手托着，从杉树林周围的笕口山峰上腾空而起。他坐在仙女的宝椅上，只见精灵们返回，从他身旁闪过，高声喊道："神圣啊，神圣，神圣的黎巴嫩青年！他的光荣照耀古今世代。"

当情郎拉住恋人的手，并眷恋凝视着她的双眼时，风和浪将这些悄悄话传向了各个地域：

"伊希斯[1]之女，你多么美！我是多么爱你！"

"阿施塔特之子，你是最漂亮的青年！我想念你！"

"亲爱的，我对你的爱就像你的金字塔，无穷岁月无法将之捣毁。"

"亲爱的，我对你的爱就像你的杉树，无论什么力量都压不垮。"

"亲爱的，来自东西方的各民族智士，都为了汲取你的智慧，破

[1] 伊希斯，古埃及人最崇敬的女神。

译你的密码。”

“亲爱的，来自各个王国的世界伟人，都想痛饮你那甘美的香醇，领略你那德行的魅力。”

“亲爱的，你的双掌中有丰富宝藏，足以装满千车万箱。”

“亲爱的，你的两臂是甜水之泉，你的气息是醒神的微风。”

“亲爱的，尼罗河畔的宫殿和庙宇在宣扬你的尊贵，狮身人面像在畅谈你的庄严。”

“亲爱的，你胸前的杉树是你高贵门第的标志，你周围的高塔讲述着你的威风和力量。”

“亲爱的，啊，你的爱情多么甜美，希望寄托在你的身上多么叫人放心！”

“啊，你是多么慷慨的朋友，你是多么忠诚的丈夫！你的礼品多么漂亮，你的馈赠多么宝贵！你给我派来了青年人，他们本是沉睡的苏醒。你支援我一位‘骑士’❶，他战胜了我的民族的懦弱；你给我送来一位‘文豪’❷，他振兴了我的民族精神；你赠予我一位‘精英’❸，他使我的民族醉入酩酊……”

“亲爱的，我看你眼含悲伤，莫非你在我身边高喊感到难过？”

---

❶ 指法里斯·西德亚格（1805—1887）。法里斯·西德亚格是黎巴嫩著名语言学家，主张社会改革，抨击土耳其奥斯曼帝国统治。

❷ 指艾迪布·伊斯哈格（1856—1885）。艾迪布·伊斯哈格生于大马士革，后去埃及从事戏剧和新闻工作，主张实行民主，建立议会，维护民权等。

❸ 指纳吉布·哈达德（1867—1899）。纳吉布·哈达德生于贝鲁特，阿拉伯近代文艺复兴运动先驱者之一。

“我有女儿，已经到了海外，留下我与痛苦为伴，跟思念共处。”

“亲爱的，我多么希望有你一样的痛苦，以使恐惧远离我身！”

“尼罗河的女儿，你就是强大的国家，你害怕什么？”

“我担心暴君用花言巧语接近我，然后用武力将我控制。”

“亲爱的，国家的生活也像个人的生活一样：希望会与之结拜兄弟，恐惧也会与之结交朋友；理想会围之团团转，失望也会缠住它不放。”

情侣相互拥抱在一起，共饮亲吻的玉液琼浆。众精灵经过时唱着：“神圣啊，神圣，神圣！爱情的光荣铺天盖地。”

胸中的隐秘

站在夜幕下的雄伟大厦，酷似被卷在死神幕幔之间的生命。就在那座大厦里，一位女子坐在一张象牙桌旁，用手撑托着头，就像凋零的百合花靠在叶子上。她望望四周，那目光宛如失望的囚犯想用自己的双眼穿透牢墙，以求看一看行进在自由行列中的生命。

几个时辰像黑暗中的幻影一样闪过，少妇独自坐在那里，泪水簌簌下落，心里有吐不出的怨言。她终于抑制不住自己的情感，再也封锁不住胸中秘密库房的大门，随即拿起笔，墨水和着泪水一道往纸上泼洒，话语和着胸臆一起倾泻而出。

她写道：

亲爱的姐姐：

当心中塞满秘密，眼皮被热泪水灼伤，肋骨因胸中隐秘膨胀而几乎被撑断之时，人也只有开口说话，倾诉心中苦楚了。朋友啊，一个心存愁苦之人，总是以倾吐为快；一位热恋中的情人，总是以相互依偎寻找安慰；而一个受虐待的人，总是从他人同情中寻找愉悦……我现在写信给你，因为我变得像诗人一样，看到事物的美，就会在美的神性的促使下，将美神留给他的印象化为诗篇，或者像穷人的饥饿孩童，在饥饿痛苦的驱动下，不顾母亲的贫困潦倒境遇，放声高喊求救。

姐姐，听一听我这令人心酸的故事，为我痛哭落泪吧！因为哭就像祈祷，怜悯的眼泪就像行善不会白流，原因在于它溢自一位诗人活灵魂的最深处……家父就像每一个门第高贵、家财万贯的家长一样，总想一富再富，害怕贫困，一心追求尊上添尊，以期永远摆脱岁月的辱没；不但这样想，而且竟然将我婚配给一个贵胄富翁。

就这样，我和我的情感与梦想，一道成了我所蔑视、厌恶的金钱和世袭尊荣祭坛上的献祭品；成了战栗在物质魔掌中的猎物，而物质一旦不百依百顺地为精神效力，便会变得比死神更残酷，较地狱更苦煞人。我敬重我丈夫。因为他品德高尚，心地善良，一心为了我的幸福，为我花钱在所不惜。但是，我发现所有这些都抵不上一分钟真正的神圣爱情，那真正的爱情是蔑视一切、永恒常在的……

同伴，不要笑话我！我现在最知道女人的心需要什么。这是一颗激烈跳动着的心；这是翱翔在爱情天空的小鸟儿；这是斟满了时光佳酿、特供灵魂饮用的玉盏；这是一本印成的书，幸福与不幸、甘甜与苦涩、欢乐与悲伤，均包含在各个章节之中，只有真正的伙伴才能读懂，那便是女人的另一半，本来为她而生，与她相伴到永远……真的，我变成了最了解灵魂追求和心的偏爱的女人！我发现我丈夫的宝车香车、充裕金库、尊荣富贵，还抵不上我看那个贫苦青年一眼的快活。他为了我，我也是为了他，方才来到了这世上。他忍着灾难折磨和分离的屈辱，无罪而被囚禁在黑暗岁月牢中，这不幸完全是我的父亲一手造成的……我的好朋友啊，你不必试图安慰我！因为我面临灾难时自有安慰者，那就是我对爱情的深深领悟和对思念尊严的彻底体会。现在，我透过泪眼看到死神正一天天朝我走近，以便把我引领到我等待灵魂伴侣的地方，在那里与他相会，与他拥抱，圣洁到永远。请不要责备我！我服从人类法律的裁决，正坚忍、从容地尽着一个忠诚妻子的义务。我用我的智慧、心和灵魂敬重我的丈夫，但不能把我的全部献给他，因为在我认识我的意中人之前，上帝已把我的全部给予了我的意中人。苍天按照不为人知的哲理让我与一个不为我而生的男人一起打发日子，我只得按照苍天的意愿一声不吭地度日。但是，永恒之门一旦开启，我必与我美丽的另一半结合为一身。我将像春天回望冬天那样回首往昔，即今天。我将仔细思虑我的这种生活，就像到达山顶的人那样回眸越过的重重障碍。

写到这里，女子停下笔，用双手捂住自己的脸，难过得哭了起来，仿佛她的巨大心灵不想把自己最神圣的秘密付之于纸，于是将之交给瞬息即干的热泪，让其与柔和的惠风结合在一起，那才是情侣气息的故乡和鲜花之魂。

片刻过后，女子拿起笔，继续写道：

我的好朋友，你还记得那个青年吗？你还记得从他那明眸中闪出的光芒和显示在他前额上的愁苦相吗？你还记得他那类似于失子之母的声音吗？他注视事物总是用沉静、久长的目光，然后才是用罕有的语气谈论之，接着便低下头叹起气来，仿佛害怕自己的话揭示出自己内心的隐秘。这一点，你还记得吗？你可记得他的梦想和信条？你还记得那位青年的所有情况吗？常人认为他是人杰，而我父亲却看不起他。他对那些常人贪婪的东西不屑一顾，更比那些继承先人荣光的人高尚。姐姐，你知道我正是为这个世界上微不足道的小事而殉难的，我是愚昧无知的牺牲品。怜悯妹妹吧！她正在可怕的寂静中度过不眠长夜。你会怜悯我的，爱情毕竟已滋润过你的心田。

晨光熹微，女子走去上床入睡。但愿她睡着时的梦比醒时的梦更加温馨柔美……

盲目力量

春天来了，大自然借溪水的口舌说话，令人心旷；用鲜花的芳唇微笑，令人神怡。人类听惯了大自然那甜蜜的话语，看惯了大自然那柔美的微笑。可是，突然间，大自然怒气大发，将美丽城市捣毁。那是一种可惧的盲目力量，仅仅一个时辰，将在漫长年代里建成的一切夷为一片平地。暴虐的死神用利爪掐住人们的脖颈，残酷地使人们粉身碎骨。饕餮似的大火吞噬了无数生命财产，漆黑的夜色将生活的美掩藏在灰烬的厚被之下。强烈飓风隐蔽地刮起，夺去弱者的生命，将他们的房舍摧毁，把他们缓慢聚集起来的一切顷刻席卷而去。剧烈地震本是由大地孕育，阵痛过后，生下来的却是废墟与不幸。

所有这一切发生之时，痛苦的心灵只能站在远远的地方默默沉思，难过悲伤：沉思面对没有理智的巨大力量，人的有限能力无可奈何，只能与那些从烈火下和毁灭性灾难中有幸逃生的人一起难过悲伤；沉思人类还有多少敌人隐藏在地下和天空，与号哭的母亲和饥饿的儿童一起难过悲伤；沉思物质的冷酷及其轻蔑宝贵生命，与那些昨天还在自己家安睡，如今站在远远的地方的人，淌着悲泪，凭吊那座美丽的城市；沉思希望怎样变成了失望，欢乐如何化为痛苦，宽舒怎样转成了折磨，与那些在失望、悲痛、折磨魔爪下挣扎的心一起难过悲伤。

就这样，心灵站在沉思与悲伤之间，时而怀疑维系各种力量的公正性，时而又回来对着寂静的耳朵低语："在这万物之后，有一条永恒的哲理，它能把我们看到的灾难和地震化为我们看不到的美好结果。源于地球自身的火灾、地震和暴风，就像人心里的厌恶、仇恨和邪恶一样，会爆发、喧嚣，然后平息下来；正是上帝将这爆发、喧嚣和平息化为一种有益知识，供人类用眼泪、血汗和财产去换取。"

回忆使我停下脚步，这个民族的灾难充满听觉的是呻吟和哀号，昔日舞台上上演的种种不幸悲剧与教训，一幕一幕从我的眼前闪过。我看到一代又一代的人在大地的胸膛上建造了无数座城楼、宫阙和殿宇，不久大地又将之收回到自己的胸中。我看到强者们建造了许多座坚固的高楼大厦，雕塑家们用各种石料制成了无数尊雕像，画家们用各种图画和锦缎将内墙外壁装饰一新。我看到大地张着血盆大口，粗暴地将艺术之手和聪慧头脑建造的楼宇吞了下去，残酷地毁坏掉那尊尊雕像，愤怒地抹去那些画面上的线条，凶恶地埋葬掉那巨柱和高墙，仿佛认定自身就是一位窈窕淑女，根本用不着人类制作的首饰装点，仅仅穿上缀着沙金、石玉的草原绿装，就完美无比了……

然而，我发现在这些可怕的巨大灾难之中，有人的神格像巨人一样站立在那里，正在嘲笑大地的愚昧和飓风的肆虐，就像一根光柱矗立在巴比伦❶、尼尼微❷、台德木尔、孟买和旧金山的废墟之间，唱着永恒的歌："让大地拿走它的钱财吧！而我的所有是无穷无尽的。"

---

❶ 巴比伦古城遗址在今伊拉克巴格达东南，被称为世界七大奇迹之一的"空中花园"就建在当年的巴比伦城。

❷ 尼尼微，遗址在今伊拉克北部重镇摩苏尔附近，曾为亚述帝国都城。

两种死

夜阑更深，死神从上帝那里降向熟睡的城市，落在一座宣礼塔顶。它用它那明亮的双眼穿透住宅墙壁，看到了乘坐在幻梦翅膀上的灵魂和受睡神意志制约的躯体。

月亮沉没在熹微晨光之后，城市披上一层梦幻似的薄纱，死神迈着轻轻的脚步穿行在住宅之间，终于来到一个富豪的公馆。死神抬脚进门，没有遇到任何障碍。它站在富豪床边，伸手触摸富豪的前额，富豪惊醒过来。他一看见死神的影子站在面前，就惶恐万状，失声喊道："可怕的梦魇，离我远点！凶恶的幻影，你快走开！你这个盗贼，你是怎么进来的？你这个强盗，你来干什么？我是这家主人，你给我走开！快滚开！不然，我就要喊来奴仆和守卫，将你碎尸万段！"

死神走近富豪，用惊雷似的声音说道："我就是死神！你要注意，放尊重一些！"富豪回答道："你现在要我怎么样？你有什么要求？我还没有结束自己的工作，你为什么就来了？你对像我这样的富豪大亨有何要求？你还是到久病的人那里去吧！你快离开我，不要让我看见你那伤人的利爪和你那毒蛇似的长发。你走吧！我讨厌看你那两个巨大的翅膀和破烂的体躯。"一阵令人烦恼的沉寂之后，富豪又说："不，不！仁慈的死神啊，我刚才说的那些话，请你不要在意！我因害怕，一时心慌，才那样说的。你拿一斗黄金走，或者带走几个家仆的灵魂，放我一马吧……死神，我还想活下去，因为我还有没结清的账，人们欠我的钱还没有还清。海上还有我的船，尚未靠岸。地里的庄稼也还没有长成。我这里的东西随你拿，只要放过我就行。我有婢女若干，个个像晨光那样美丽，任你挑，任你选。死神呀，你听我说，我有一个独生子，我喜欢他，我的希望全寄托在他的身上，你把他带走吧！只要能把我留下，你愿意拿什么就拿什么，你可以把一切都拿走，只求你放开我！”

富翁话音未落，死神伸手堵住这个凡奴的嘴，摄取了他的灵魂，并将之交给风神带走了。

旋即，死神又走进柔弱穷苦人们居住的区域，来到一座简陋茅舍，进了门，靠近一张床，那张床上躺着一个青春少年。死神一番观察少年的文静面孔，然后伸手触摸少年的眼睛，少年醒了过来。少年见死神站在自己的身边，急忙双膝下跪，伸出胳膊，用充满钟爱和思念的声音说：“死神，美丽的死神，我就在这里。你是我梦中的真实，你是我的希望所在，请接受我的灵魂吧！我心爱的死神，把我带走吧！你是仁慈的，不要把我丢在这里。你是神的使者，你是真理的右手，不要把我丢下。我曾多少次找你而见不到你，我曾多少次呼唤你而你没听到。你现在听到我的声音了，请不要拒绝我的愿望。亲爱的死神，拥抱我吧！”

这时，死神用柔软的手指捂住少年的双唇，摄取了他的灵魂，放在自己的双翼之下。

死神在空中盘旋，望着这个世界，对着风说：“只有来自永恒世界的人，才能回到永恒世界去。”

在岁月游戏场上

在美的效用与爱的幻梦之间徜徉的一分钟，比可怜弱者在把光荣献给贪婪强者中所度过的一生都要高贵。

那一分钟里，人的神格得以生发；而那一生里，人的神格总在沉睡，蒙着噩梦的面幕。那一分钟里，心灵得以从人的种种法规重负下解放出来；而那一生里，心灵总是被囚禁在被人冷落的高墙之后，身上戴着沉重的镣铐。那一分钟，是所罗门诗篇❶、山中训诫❷和法里德❸塔韵长诗的摇篮；而那一生，则是一种捣毁巴勒贝克神庙、台德木尔王宫和巴比伦城堡的盲目力量。

心灵在为穷人权利被剥夺、为公正丧失而遗憾，在叹息中度过的一天，要比富翁在纵欲、自私中度过的一生高贵、圣洁。那一天，可以借火纯洁心灵，用光明将心照亮；而这一生，全是在黑暗中挣扎，最后被埋在土层之下。那一天，是得启悟道❹日，是髑髅地之

---

❶ 指《圣经·旧约》中的一部多人诗歌创作合集《诗篇》，属《圣录》。所罗门为其中作者之一，其他作者还有大卫、可拉后裔、亚萨、以探、摩西等人。《诗篇》主要内容包括歌咏犹太教的真、善、美，颂扬圣境、圣物、圣徒，赞美上帝耶和华。

❷ 指穆罕默德40岁那年，斋月的“珍贵之夜”，在希拉山洞里所得到的“训诫”，即第一次降临世上的《古兰经》。

❸ 法里德，即伊本·法里德，其作品《塔韵长诗》达760行，描写精神恋爱。

❹ 指摩西一天至何烈山为岳父放羊，见到上帝耶和华，上帝命令他带领以色列人离开埃及，返回迦南。

日，是迁徙[1]日；而这一生，则是尼禄[2]将自己的生命耗在暴虐市场上的一生，是可拉[3]献身贪欲祭坛上的一生，是唐璜[4]埋在坟墓中的一生。

这就是生活：黑暗在岁月里的游戏场上将之演得类似悲剧，而白昼则将之当歌唱，最后永恒世界将之作为珍宝保存起来……

---

[1] 指穆罕默德迁都至麦地那，即公元622年7月15日，这是回历元年1月1日。

[2] 尼禄，古罗马暴君，以暴虐、放荡而闻名。

[3] 可拉，《圣经》中的人物，以色列利未族人，可拉党的领袖。他出生在埃及，在出埃及前往迦南途中，带头结党反对摩西和亚伦，受到上帝的惩罚，死于大地崩裂之中。

[4] 唐璜，拜伦著名长诗《唐璜》中的主人公，一生玩世不恭，几经情场艳遇的花花公子。

致我的朋友

穷朋友，假若注定不幸的贫困启示你认识公平，让你晓知生命的本质，那么，你一定甘心接受上帝的安排。我要说，你想认识公平，而富人只顾自己的金库，哪管什么公平；我要说，你欲晓知生命的本质，而强者早把视线转向了功名。你就为生命而欢欣吧！因为你就是生命之书。你尽情欢悦吧！因为你是支持者们的美德之源，同时你也是那些从你这里获取美德的人的支持者。

悲伤的朋友，假若你知道你所面临的灾难正是照亮心房的力量，并且将心灵从被蔑视提高到被尊重的地位，那么，你一定甘心承受它，甘愿受它的威力教化；而且你一定会明白生命是一条多环锁链，环环相扣，痛苦则是屈从当前处境与向往明日欢乐之间的一个金环，正像清晨介于睡梦与苏醒之间。

朋友，穷困可以映出心灵的高尚，而富贵只能暴露灵魂的卑贱；痛苦能镇定情绪，而欢乐则能愈合创伤。因为人们挥霍无度，寻欢作乐，仍然有增无减。就像他们以圣书之名做圣书忌讳的坏事一样，在人道主义的名义下干人道主义所拒绝的勾当。

假若贫困消失、痛苦远离，那么，心灵就会变成一张空白纸，上面只留下表明自私自利、贪得无厌的数字及意为肮脏欲望的词语。因为我曾细心观察，发现了神性，那就是人的精神自我，金钱买不到，也不会生于花花公子的欢乐之中。我曾留意察看，发现富人抛弃了神性，一心积聚钱财，而公子哥儿也弃离了神性，一意追求享受。

穷朋友，你从田地中回到家里之后，与妻儿一起度过的时辰，那是未来人类家庭的象征，也是后代幸福的标志；而富翁在金库里度过的一生，则类似坟墓中的虫蚁生活，那是可怕的象征。

悲伤的朋友，你所挥洒的泪水比佯装健忘者的笑容要美，较嘲讽者的大笑要甜。那泪水可以洗刷掉心上的憎恶污垢，挥泪者能够学到如何与伤心人的情感共通。那是拿撒勒人耶稣基督的眼泪。

穷苦人，你播下的，却被富有强者收获的力量，必将回到你的手里。因为按照自然法则，万物总会归根。悲伤人，你所面临的悲伤，必将按照天意化为欢乐。

后代人将从贫困中学到平等，从悲伤中学到爱情。

情话

在一座孤零零的房子里，坐着一个青春少年。他时而透过窗子望望镶嵌着繁星的夜空，时而看看手中一位姑娘的画像。画像上的线条和色彩都映在小伙子的脸上，这个世界的秘密以及永恒天国的玄妙都显示在他的面庞，那姑娘的画像在与他窃窃私语，使小伙子的双眼变成了耳朵，能够聆听游荡在房间里的灵魂低语，并把青年的一切化为无数颗爱情照亮、充满思念的心。

一个时辰过去，就像是一分钟的爱情甜梦，或者像是永恒世界里的一年。之后，青年把画像放在自己的面前，拿起笔和纸写道：

我的心上人：

超越自然的伟大真情，在人与人之间不是通过人的共同语言传递的，而是选定寂静无声作为心心相通之路。我觉得今夜的寂静就能带着比微风写在水面的书信还轻的情书，在你我两颗心灵之间传递，并且把你我两颗心里的话语向彼此吟诵。不过就像上帝意志那样，将心灵囚禁在肉体里，爱情有意让我变成了话语的俘虏……亲爱的，人们说："爱神能把崇拜者变成吞噬一切的烈火。"我发现离别时刻并未能将我们的精神本身分开，正像第一次见面时，我觉得自己早就认识你，我看到你的第一眼并非真的是第一眼……亲爱的，将你我那两颗脱离天界的心合在一起的时刻，那是极为罕见的时刻，使我坚信灵魂是永恒的。在这样的时刻，大自然方才揭掉了自己那被疑为不义的有限公正的假面具……

亲爱的，你还记得那座花园吗？当时我们站在那里，相互对视着情人的面容。你可知道你的目光对我说，你对我的爱并非出自对我的同情？那目光教给我对自己和世人说："源于正义的馈赠，要比出于恩赐的施舍伟大得多；迫于环境的爱情，就像沼泽的水一样浑浊。"

亲爱的，我希望我度过伟大、壮丽的一生，值得后人记起的一生，引起后人崇拜和羡慕的一生。这一生始自见到你的那一天，我深信它永恒垂青。因为我相信你完全能够通过非凡言行将上帝赋予我的力量化为现实，就像太阳催开田野上的百合，令芳馨四溢。如此，我的爱属于我，也属于后代。我善爱众生，这爱纯洁无私；我特别爱你，这爱高尚脱俗。

写到这里，青年站起身来，在房间里缓缓踱步。过了一会儿，他朝窗外望去，见月亮已经升起在天际，柔和的月光遍洒广宇，于是回到原位，继续写那封信：

亲爱的，原谅我，刚才我竟用了第二人称和你谈话。你是我美丽的另一半，那正是我们同时离开上帝之手时，我失去的那另一半。亲爱的，求你宽宥我。

哑畜生

哑畜的眼睛会说话，

哲人心灵能理会它。

——印度诗人

一日傍晚，我心血来潮，异想天开，便走到城郊边沿地带，在一座被废弃的房舍前站了下来。那座房舍已是柱倒墙塌，只留下一堆废墟，说明早被遗弃，也证明被毁坏得令人痛心。我看见一条狗卧在灰烬中，骨瘦如柴，遍身伤口，病入膏肓。那狗望着夕阳，目光中充满屈辱的阴影，满目失望神情，仿佛知道太阳已开始从那块远离迫害弱小动物的被遗弃的地方收起自己的温暖气息，因此，用惜别的悲凉目光注视着落日。我缓慢地走近它，想知道它说些什么，以便安慰它遭遇的不幸，对它的悲惨处境表示安慰。我刚一接近它，它害怕了，很想凭借它那行将衰竭的生命和它那完全瘫痪了的四肢动上一动。但是，它已经站不起来，无奈只有望了望我，那目光中充满了乞求怜悯的苦涩和乞求同情的甘甜，其中有希望，也有责难。那目光替代了语言；那目光比人的口舌伶俐，比女人的眼泪更加雄辩。当我的目光与它那凄凉的目光相遇时，不禁情感激动，心潮起伏，于是将它的神色具体化为人间共通的语言，似乎在说：

“喂，人哪，我受够了，我已经受够了人们的压迫和病痛的折磨。

你走开吧，让我独自安静一会儿吧！让我借太阳的温暖，再把我的寿命延长几分钟吧！我逃离了人的残暴和虐待，躲到了比人心柔软的灰烬里，藏到了并不比人的灵魂更凄清的废墟之中。你快离开我吧！因为你不过是缺少仁义、没有公正的土地上的一个居民……我是卑贱畜生，但我为人效过力，曾忠实地守卫在人的住宅中；我跟随人外出，机警伏候，未曾松懈须臾；我曾与人同欢共悲。主人外出的日子，我不忘主人；主人回来时，我热情迎接。我满足于吃主人的残羹剩饭，啃主人啃过的骨头。但是，当我年迈乏力、疾病缠身时，主人抛弃了我，将我驱逐出家门，让我沦为街巷中少年手下的玩具，让我变成病箭的靶子，人们将垃圾朝我的身上倾倒，致使我周身肮脏不堪。人呀，我是个弱小畜生，但我发现我与你的许多人类兄弟殊途同归。因为你们的情况立刻也像我一样，一旦年老体弱，糊口之资顿时减少，情况立刻恶化。我像士兵：年轻之时保卫国家，壮年之时耕种土地；生命的冬天到来之时，失去往日活力，便被他人赶走、忘掉。我像女人：年少时梳妆打扮，以取悦小伙子的心；做了妻子熬夜，生儿育女，辛辛苦苦将孩子养大成人。人啊，是多么不义，又是多么残酷！”

那畜生眼神说的话，我的心全明白，而我的神魂却游荡在对那条狗的同情与对我的同胞的想象之间。当狗闭上双眼，我不想再打搅它时，便抬脚离去了……

和平

将树枝吹弯，把庄稼刮倒的暴风平息下来了，繁星出现，像是电闪留在天幕上的剩余碎片。田野也平静下来了，仿佛那里不曾发生过两军激战。

这时，一位娘子走进自己的卧室，跪在床上，痛哭起来。旋即，她长吁短叹，声音渐高，呼出的热气凝成了这些话语：

“主神，把他还给我吧！我的泪已哭干，我的肝胆俱裂。圣灵，你让他回来吧！因为你的英明裁决远比人的禁令有力。我的忍耐力已枯竭，我已完全被悲伤压倒。求你让他摆脱残酷的战争魔爪吧！求你把他从死神的手中拯救出来吧！主啊，求你怜悯他这么一个羸弱青年，正是强者的暴力从我的手中将他夺去的。爱神，你战胜你的劲敌——战神吧！求你将我的爱人拯救出来，因为他也是你的儿女。死神，你离他远一点！让他看看我，或者把我带到他的身边去吧！”

就在这时，一个青年走进房间，但见他头裹白色绷带，上有战神书写的猩红色字样。青年走近娘子，用泪和笑向她问安，然后拉住她的手，放在自己那火热的嘴唇上，继之用饱含炽热情感和久别重逢欢乐的声音说：

“你莫惊惶！你为之哭泣落泪的人回来了！你高兴吧！和平将战争夺去的人送回到了你的身旁，也把野心家抢去的善良青年还给了你。亲爱的，擦干眼泪，尽情地欢笑吧！因为暴君压迫人民之时，就是英明领袖引导人民抗暴之时。我能活着回来，你不要觉得奇怪！因为爱神身有印记，死神见之，必迅速逃离；敌人一经识别出来，也会踏步后退。我就是爱神。你不要以为我是来自沙场的鬼魂，只是为了欣赏你的俊美和这方的安静。你不要害怕，我是真理，安然摆脱了刀山火海，以便告诉人们：爱情必定压倒战争。我是语词，由和平之人讲出，以便为你的幸福故事作序言。”

讲到这里，青年语塞，泪水簌簌下落，取代了话语。欢乐天使在简陋茅屋四周盘旋，两颗心开始重温离别时失去的幸福。

晨光初照，二人站在田间静赏大自然的秀美。充满甜言蜜语的一阵寂静之后，战士望着极远的东方，对他的爱人说：“你看哪，太阳已从黑暗中升起。”

诗人

他是连接今日世界与未来世界的一环。他是供干渴心灵饱饮的甘泉。他是植于美河之畔的树，结出的成熟果子供饥饿的心餐食。他是夜莺，跳动在话语的枝条上，唱出的歌使人们周身充满文雅、温柔。他是白云，生于曙光线上，继而扩展上升，充满整个天空，然后降下甘露，供生命田野之花饱饮。他是神差的天使，教人们理会神性。他是灿烂灯光，黑暗压不倒，升斗难掩藏，爱神阿施塔特为之添油，乐神阿波罗将之点燃。

他单身一人，穿朴拙，食斯文，坐在大自然的怀抱中，一心学习创造，夜深人静之时不眠，等待灵感降临。他是一位农夫，将心的种子播撒在情感的园地，丰收的庄稼供人类收割、食用。

这就是诗人！诗人在世时不为人知，而在他辞别这个世界、返回天国之时，人们才晓得他的价值。这诗人只要求人类报之微微一笑；这诗人气息升腾，使整个天空充满活生生的美丽幻影，而人们却不肯给他一片面包，更不肯给他一个栖身之地。

众人啊众人，世界啊世界，何日何月，你们才能用荣誉为那些以鲜血灌溉大地的人建起住宅呢？众人啊众人，世界啊世界，何月何年，你们才能放弃对那些牺牲自己的华年为你们带来平安、舒适的人以冷眼相看呢？你们崇尚杀戮，敬重那些为人们戴上奴役枷锁的人，却佯装忘记了那些人：他们用光明驱逐黑暗，以便教你们如何观赏白日的光华；他们毕生挣扎在不幸魔爪中，以便让你们享受幸福甘甜。你们这样不识真伪还会继续到何日何月何年？诗人啊，生命的生命啊，你们不顾岁月严酷，征服了岁月；你们不畏虚假芒刺，赢得了桂冠；你们占据了人们的心田，这占据无始无终。

啊，诗人们！

我的生日

1908年12月6日写于巴黎[1]

在这样的一天，母亲生下了我。

二十五年前的这一天，寂静将我生在这个充满喧嚣、纠纷和格斗的世间。

啊，我绕着太阳已经转了二十五周，不知道月亮围着我走了多少圈。但是，我仍未能弄清光明的秘密，也不知道黑暗的内涵。

我和地球、月亮、太阳及众星斗一起绕着至高无上的天主转了二十五圈。但是，我的心灵现在还在低声呼唤着天主的美名，就像山洞传出大海波涛的回声：山洞与大海同在，却不知大海的实质；山洞唱着大海的潮汐之歌，自己却不明白意义为何。

二十五年前，时光之手把我写成这个奇异巨大世界书上的一个字。看哪，我就是这个含义模糊不清的字，时而表示没有什么，时而又表示许多东西。

每年的这一天，我的脑海里总是思潮翻滚、悬念云集、追忆联翩，它使往日闪过的队列在我的面前停下脚步，让我仔细观看已过去

[1] 纪伯伦的生日应为“1月6日”。纪伯伦给梅娅的信（1921年1月11日）中说：“……将‘January 6 th’译成了‘12月6日’！就这样把我的年龄扣除了一岁，将我的生日推后了整整一个月！”

的夜下的种种幻影，然后又像风扫天边云彩那样将之驱散，就像遥远空谷之中溪水的歌声那样，渐渐消失在我房间的各个角落。

每年的这一天，为我画魂的灵魂从世界各地向我这里集结，围着我唱着令人痛苦的回忆歌曲，然后慢慢退去，消隐在可见物之后，活像一群鸟儿落在一个被遗弃的打谷场上，连一颗谷粒都没啄食到，于是扇动翅膀片刻，随后向另一个地方飞去。

在这一天，往日的生活画面展现在我的面前，活像一面小镜子。我照了许久，看到的只有像死人脸一样的岁月那憔悴惨白的来年，希冀、梦想和愿望的容貌也像老年人一样，已是皱纹满面。我闭上眼睛，片刻后睁眼再照镜子，看到的只有我的面容。我仔细观察自己的脸面，看到的只有忧伤。我想与忧伤说话，却发现它是不会说话的哑巴；假若忧伤会说话，那定比欢乐还要甜美。

在过去的二十五年中，我已爱过很多。我常爱人们所憎，而憎恶人们认为好的东西。我少年时代所爱的，至今仍然爱。我现在爱的东西，将一直爱到我生命的终结之时。爱是我能够得到的一切，谁也不能让我舍弃它。

我曾多次爱过死神，并用许多甜美的名字呼唤它，而且暗暗和公开地歌颂它。即使我未忘记死神，也不曾背弃与它的约言，我却变得也爱生。在我看来，死与生同样具有美，有着同样滋味，都会引发我的思念与眷恋，均能激起我的爱和怜。

我爱过自由。对人们受压迫和奴役的境况了解得越深，我就越是热爱自由；对人们屈从可怕偶像的情景知道得越多，我对自由的爱就越强烈。那些偶像是黑暗世代雕成的，是由持续不断的愚昧树立起来的，奴隶们的嘴唇将之磨得溜光。不过，我像热爱自由那样爱这些奴隶。我同情这些奴隶，因为他们是盲人：他们明明在与饿狼的血盆大口接吻，而他们却看不见；他们明明在吮吸毒蛇的毒液，而他们却感觉不到；他们明明在用自己的指甲挖自己的坟墓，而他们却全然不知。我爱自由胜过爱一切。因为我发现自由是位姑娘，孤独已使她精疲力竭，幽居已使她憔悴不堪，简直变成了一个透明的幻影。她穿行在住宅之间，站在街口，大声向过路人求救，但谁也不听她的喊声，更没有人回头看她一眼。

在过去的二十五年中，我像爱所有人一样爱过幸福。我每天醒来，像人们一样寻求幸福，但在他们的路上从未找到幸福；非但如此，既没有看到幸福在他们公馆周围的沙土上留下脚印，也没有听见从他们寺院窗里传出的幸福声音的回声。当我独自寻觅幸福之时，我听到我的心灵对我悄悄耳语："幸福是位少女，生活在心的深处；那心宽广无比，你难以走到那里。"我打开心，想看一看幸福，发现那里只有她的镜子、床铺和衣服，却未见到少女。

我爱过人们，我很爱他们。在我看来，人分几类：其一诅咒人生，其二为人生祝福，其三深刻思考人生。我爱其一，怜其不幸；我爱其二，谅其宽容；我爱其三，慕其博学。

就这样，二十五年过去了，我的日日夜夜从我的生命中相继匆匆跌落，就像树叶面临着秋风，纷纷飘落在地。

今天，我停下脚步，就像走过一半路程的疲惫行人，暂时停下脚步歇息。我朝四下望去，却不见在我走过的人生路上有什么痕迹，足以让我在太阳面前指着它说："这是我的。"我也没有发现我的人生四季有什么收获，只有一些被黑墨水滴染过的稿纸，还有一些充满和谐线条和色彩的零散奇异绘画。那零散绘画包裹和掩埋着我的情感、思想和幻梦，宛如农夫将种子播撒在地里。但是，下地将种子播入土里的农夫，满怀希望戴月而归，期待着收获季节的来临；而我呢，只是撒下了心里的种子，没有希望，没有寄托，更没有什么可等待的。

现在，我已经到了年龄的这个阶段：透过叹息与悲伤的雾霭，过去的一切展现在我的眼前；透过往昔的薄纱，我的目光看到了未来。我站在玻璃窗前，眺望万物，看到人们的脸面，听到人们的声音，都在扶摇直上云天；我觉察到了他们在住宅之间走动的脚步声，感触到了他们的灵魂、他们的嗜好和他们心脏的搏动。我极目望去，儿童们玩耍、奔跑，相互往脸上扬撒沙土，笑声不断，喜气洋洋；我看见青年们昂首阔步走向前，仿佛在读写用阳光衬里的云端上的青春长诗；我看见姑娘们步履轻盈，一步三摇似杨柳枝条，微微笑容似鲜花开放，望着小伙子们，眼帘里跳动着爱慕的目光；我看见老年人缓步走着，个个背驼似弓，人人拄着拐杖，两眼盯着地，好像在寻觅丢在细土里的珍宝。我凭窗而站，仔细观看这所有画面以及城市街头巷尾那或动或静的幻影。旋即，我把目光转向城外，看到了原野上的一切：惊人的美，有声的寂静，高高的山冈，低低的谷地，茂盛的绿树，摇曳的青草，喷香的鲜花，吟唱的河溪，鸣啭的百鸟。我再往原野后面看，望见了无数大海：大海深处有无穷无尽的奇珍异宝，隐藏着无数秘密；海面上波涛翻滚，时急时缓，时而化为蒸气升腾，时而凝成雨滴落下。

旋即，我向大海后面望去，但见无边太空，那里有无数遨游着的世界，那里有无数颗闪亮的星斗，还有无数个太阳、月亮、行星和恒星。它们相互吸引，既相互争斗，又相安无事，不论是生于大自然，还是转化而成，均按照一条无端无尾的法则相互交织在一起，都服从于一条无始无终的规律。我透过窗玻璃看到了这一切，既忘掉了二十五年，也忘掉了这之前的时光以及未来的若干世纪。在我看来，我的自身及周围的一切，不论可见或不可见的，都不过像在永恒空间里一个周身颤抖的孩子叹息时喷出的一颗微粒，而空间又是那样高深没有边际。不过，我感觉到了这微粒的存在，就是这个灵魂，其本身被我称为“自己”。我能感觉出他的动态，我能听到他的呼声。

他现在拍翅飞上高空，把自己的双手伸向四面八方，不住地摇摆颤抖，在这样的一天里显示自己的存在，用发自最圣洁心灵里的声音高喊道：“你好哇，生命！你好哇，苏醒！你好哇，幻梦！你好，用自己的光盖过大地黑暗的白昼！你好，用自己的黑暗显示天光的黑夜！你好，一年四季！你好，使大地重现青春的春天！你好，传播太阳光荣的盛夏！你好，以硕果、五谷报答辛苦劳动的金秋！你好，用暴动重现大自然决心的严冬！你好，把时光遮掩的一切重新展示的岁月！你好，把岁月破坏的一切重新修复的世代！你好，带着我们走向完美的时光！你好，掌握生命命脉、用太阳面纱遮脸的灵魂！心啊，你好，因为你沉浸在泪水里，所以不能讥笑这问候。嘴唇啊，你好，因为你发出问候之时，正在尝着苦涩的滋味。”

孩童耶稣

说与初恋

亲爱的，往昔我在这个世界上是孤独的；这种孤独像死神一样残酷。我孤孤单单，像生长在高大岩石阴影里的花儿，生活感觉不到我的存在，我也感觉不到生活的存在。在今天，我的心灵已经醒来，看到你就站在我的心灵旁边，我先是惊惧不安，继之笑逐颜开，然后就像那位牧羊人看见丛林燃烧时那样[1]，急忙跪拜在你的面前。

亲爱的，往昔的风是那样干涩，阳光是那样微弱，雾霭遮盖着地面，海浪的喧嚣声酷似惊雷。我环顾四周，只见我的痛苦自我站在我的身旁，黑暗的幻影就像饥饿的乌鸦一样在我的周围盘旋。今天，风和日丽，风平浪静，云消雾散，我无论怎样看，你总是在我面前。我看到生活的秘密围绕着你，就像小鸟在平静湖面上借平静的湖水沐浴时激起的圈圈波环。

往昔，你是静夜里无声的话语；如今，你变成白昼口中的欢歌。所有这一切仅在一分钟里完成；那一分钟里包含着一眼、一语、一叹和一吻。亲爱的，那一分钟将我心灵过去的准备和未来的希望集连

[1] 《圣经·旧约》中的《出埃及记》记载，一天，摩西赶着岳父的羊群往野外放牧，突然来到何烈山，见丛林起火，火焰中有一个人，原来是上帝显现。

在一起。那一分钟就像洁白的玫瑰花，生自大地的黑暗之心，位同世世代代心目中的耶稣降生。因为那一分钟充满活力、纯洁和爱情；因为那一分钟使我内心深处的黑暗化作光明，令悲哀化作欢乐，教痛苦化作幸福。

亲爱的，爱情的火炬自九天而降，波浪起伏，千样百种。但爱情在这个世界上的作用和影响却只有一个：照亮单个人心的小火炬，就像来自高天照亮各民族黑暗的大火炬。因为单人心灵中的各种成分、爱好和情感，与人类大家庭心灵中的各种成分、爱好和情感完全一样。

亲爱的，犹太人早就期盼着自古以来已经许诺了的伟大救世主的降临，以便把他们从异族奴役中解救出来。希腊的伟大心灵认为对朱庇特和密涅瓦[1]的崇拜已经衰弱，众神灵已经不再能满足精神生活的要求。罗马的高尚思想一番精心沉思，发现阿波罗的神性已经远离人们的情感，维纳斯[2]的永恒之美也已近于衰老。各个民族都下意识地感到心灵上的饥饿，需要一种超越物质的学说，深切地向往着精神自由，就是那种教人同自己的亲朋一道欢享阳光和生活美的精神自由。那便是美好的自由：它授权给人，让人们确信它接近他们，完全是为了在他们得到幸福之后，它可以无所畏惧地接近一种不可见的力量。

亲爱的，那一切都是两千年以前的事情。当时，人心的情感还围绕着可见物盘旋，害怕接近无处不有的永恒灵魂；那时，牧羊神潘[3]让牧羊人心中充满惊惧，太阳神伯阿勒祭司们的手控制可怜人和

[1] 密涅瓦，古罗马神话中的智慧女神。

[2] 维纳斯，古罗马神话中的爱和美女神。

[3] 潘，希腊神话中司畜牧、山林之神。

弱者们的心灵。

在一夜之间，不，在一个时辰里，不，在独立于世代的一瞬间（因这一瞬间比世代更强大），圣灵启唇，讲出了本在自己那里的“生命词语”，继之随星光和月华而降下，渐显形体，变成一女子怀抱中的婴儿，落在一个牧人为保护自己的牲畜免受夜间活动的野兽侵袭的简陋地方……那婴儿睡在牛槽里的干草上——那天使坐在用戴着沉重桎梏的心、渴求精神的灵魂和追求智慧的思想做成的宝座上——身上裹着贫困母亲的破衣衫。[1]孩子温文尔雅地从朱庇特手里夺过权杖，交给在羊群中靠在草上的可怜牧羊人；那孩子谦和温顺地从密涅瓦那里取来智慧，传授给坐在湖边的贫苦渔夫；那孩子用自己心中的痛苦换来阿波罗的欢乐，赠送给挨门乞讨的心碎人；那孩子将来自维纳斯的美，倾注到担忧遭压迫者残害的烟花女的灵魂里；那孩子将伯阿勒从其威力的宝座上拉下来，让在田间挥汗播种的贫寒农夫坐上去。

*　　*　　*

亲爱的，我昔日的情感不是也像以色列人一样吗？不是也在夜阑更深之时期盼着救世主将我从岁月的奴役及烦扰下拯救出来吗？不是也像以往诸民族那样深感灵魂饥饿吗？不是也像一个在荒郊迷路的孩

[1] 据《圣经·新约》中的《路加福音》载，约翰带着妻子马利亚前往犹大的伯利恒城去报名上册。刚到那里，马利亚产期已到，因为所有旅店已客满，只好在马厩生产，将生下的耶稣用布包着放在马槽里。纪伯伦在此用“牛槽”，译者忠实译出。

子蹒跚在生活路上吗？不是也像一颗被抛弃在岩石上的果核，既没有鸟儿将啄而食之，也没有别的因素将之裂开，使之发芽生长吗？

亲爱的，所有那些都发生在昔日，但是我的梦在黑暗之中爬行，害怕接近光明；当时，绝望忽而把我的肋骨弄弯，烦恼忽而又将之整直。

在一夜之间，不，在一个时辰里！不，在我生平岁月之外的一瞬间（因这一瞬间比我的生平岁月更美）！圣灵自至高光明圈中心而降临，透过你的眼睛望着我，用你的口舌与我交谈；爱情就生自那一眼和一语之间，继之驾临我的心田……这伟大爱情所坐的牲口槽就在我的胸中；这爱情便是依偎在我心灵胸口上的婴儿。正是这爱情将我内心的悲伤化成了幸福。正是这位高居精神自我宝座上的天使，用他的声音将我死去的岁月复活；正是这位天使，使我哭瞎了的眼睛恢复了光明；也正是这位天使，用他的右手从绝望的海洋中打捞出了我的希望。

*　　*　　*

亲爱的，过去的时间全是黑夜，黎明已经绽现，就要变成白天。因为孩童耶稣的气息已经渗入宇宙空间的分分秒秒。我过的生活全是痛苦，已经变成欢欣，即将化为快乐。因为孩童耶稣的双臂已将我的心和神魂紧紧拥抱。

灵魂谈心

“亲爱的，醒醒！你醒一醒！因为我的灵魂正在大海后面呼唤你，我的心神正在狂涛巨浪上空展翅飞向你那里。你醒一醒！活动已经停止，寂静淹没了马蹄声和行人的脚步声。睡神拥抱着人们的灵魂，而唯独我醒着，因为每当困倦侵袭我时，思念总是把我强拉回来；每当忧虑逼近我时，爱情总是把我推近你。亲爱的，因为我害怕藏在被窝里的遗忘幻影，所以离开了床；我丢开了书，因为我的叹息抹去了书上的字，那一页一页的书在我眼里都变成了空白纸。你醒醒吧，亲爱的！你醒一醒，听我把话对你讲。

“我在这儿，亲爱的！我听到你在大海后的呼唤，也感觉到了你的翅膀在拍击。我已经醒来，离开了自己的闺房，行走在草地上，而且我的双脚和衣角都已被夜露打湿。看哪，亲爱的！我已站在花儿盛开的巴旦杏树枝下。

“亲爱的，你说吧！让你的气息随着起自黎巴嫩山谷的惠风向我这里流动。你说呀！别人听不见，因为黑夜已把万物打入各自的巢穴，困倦也已令城市居民醉入梦境，只有我醒着。

“亲爱的，云天用月华织就了轻纱，并将之盖在黎巴嫩的躯体上。

“亲爱的，高天用夜的黑暗织成了厚厚的一件披风，用工厂的烟雾和死人的气息做衬里，并将之把城市的肋骨遮盖。”

*　　*　　*

“亲爱的，乡下人已在他们坐落于核桃树和柳树之间的茅舍里入睡，他们的气息竞相登上欢梦的舞台。

“亲爱的，金钱的重载压矮了人的身材，贪婪路上的重重障碍已使他们的驼队疲惫不堪，疲倦已使他们睁不开眼睛，他们只有躺在床上，恐惧和失望的幻影折磨着他们的心。”

*　　*　　*

“先辈们的幻影行走在山谷之中，山丘上空盘旋着帝王、先知们的灵魂。我的思想转向回忆的舞台，看到了迦勒底人的伟大恢宏、亚述人的壮丽堂皇和阿拉伯人的富贵尊荣。

“盗贼的黑影活动在胡同里，窗子缝隙间探出淫荡毒蛇的头，病魔气息掺杂着死神的喘息在街口奔走。记忆揭去遗忘的幕帘，使我看到了所多玛的邪恶和蛾摩拉[1]的罪行。”

*　　*　　*

“亲爱的，树枝条轻柔摇曳，树叶的沙沙声与山涧溪水的哗哗声

---

[1] 据《圣经》故事传说，所多玛和蛾摩拉原为死海岸边的两座古城。因其居民多行不义，罪恶深重，而被上帝降下的硫黄与火所毁灭。

结为联盟，我的耳边响起所罗门的《雅歌》[1]、大卫的琴声[2]和穆苏里的歌喉。

“这里的孩子们的心灵在颤抖，饥饿使他们神情不安；躺在忧伤与失望病榻上的母亲们在长吁短叹；贫困噩梦常常惊扰失业者们的心坎。我听到了苦涩的哀号和断断续续的悲叹，使人不禁落泪、哀怜。

“这里水仙花、百合花芳香四溢，素馨花与接骨木的香气拥抱在一起，继之与杉树的香气汇合，与微风的波浪掠过零散废墟和弯曲长廊之上，令人心充满遐想，真想乘风飞翔。

“此间胡同里的恶臭气味熏天，病菌四下扩散，就像无数根隐形细箭，令人直觉担心，将空气毒化污染。”

* * *

“看哪，亲爱的，清晨已经来临，苏醒的手指戏动着睡者的眼帘。紫色的晨光从夜身后升起，揭去了夜幕，露出了生命的意志和光辉。

---

❶《雅歌》是《圣经·旧约》中的一卷书。卷首云：“所罗门的歌，是歌中的雅歌。”本书如果真为所罗门所作，其形成期大约在公元十世纪。书中以优美动人的诗句，歌咏了男女之间炽热而又纯洁的爱情。

❷ 大卫，《圣经》中的人物，以色列犹大族人。以色列王扫罗的女婿。他生相英俊，能写诗、会弹琴，又智勇又善战。青年时做扫罗的战士长，后为犹大王，最后成为以色列统一王国的国王。在耶路撒冷做王初期，大卫强占下属官员的美貌妻子拔示巴，她生下个儿子叫所罗门，即《雅歌》的作者。《圣经》中有“大卫弹琴驱魔”的故事。

静静依偎在山谷两侧的乡村苏醒了，教堂的钟声响了，使天宇充满了令人心满意足的呼声，宣告晨祷开始。山洞传来了钟声的回音，仿佛整个大自然都在进行祷告。牛离开圈，山羊、绵羊群出了栏，向着田野走去，吃着挂着闪光露珠的青草。牧童吹着短笛走在羊群前，羊群后跟着一群少女，和鸟雀们一道欢迎清晨的降临。

“亲爱的，清晨已经到来，白日的沉重手掌已在堆积起的房舍上伸开。窗帘已经取去，门扇也已开启，露出来的是一张张愁苦的脸和一双双无精打采的眼。不幸的人们走向工厂，而在他们的体躯里，死神就栖息在生命旁边。他们的愁容上满是失望和恐惧的阴影，仿佛他们是被强拉向殊死决斗的战场。看哪，大街上挤满贪得无厌之辈，天空中充满铁器响声、车轮轰隆声和汽笛长鸣声。整个城市变成了战场，弱肉强食，富贵不仁，强占可怜穷人的劳动成果。”

*　　*　　*

“亲爱的，这里的生活多么美好！它就像诗人之心，充满了光明和温柔。

“亲爱的，此间的生活多么残酷！它就像罪犯的心，充满了邪恶与恐怖。”

风

你时而欢快地蹒跚掠过，时而叹息号丧。我们听得见你的声音，却看不到你的身影。我们能感觉到你，却不能见到你。你就像爱的大海，弥漫了我们的灵魂，却从不将其淹没；你戏动着我们的心神，而我们的心神却不动声色。

你随着高山上升，贴着峡谷下降，又跟着平地和草原舒展开来。你上升时意志高强，下降时温和谦让，舒展时轻快敏捷。你就像一位仁慈厚道的君王，平易以近平民弱者，傲然以待大夫霸强。

秋天里，你在山谷里哀号，万木与你一道泣泪；冬天里，你雷霆大发，整个大自然与你一道暴怒；春天里，你体弱多病，田野却因你衰弱而苏醒；夏天里，你隐身于静静的面纱之后，我们以为你被太阳用箭射中，太阳又用自己的高温为你裹上殓衣。

不过，我来问：秋天里，你究竟在哭，还是在你剥光了万木的叶子之后，因万木害羞而笑？冬天里，你究竟在发怒，还是围绕着夜下盖着雪的坟墓舞蹈？春天里，你究竟是生了病，还是一位被久别远离熬得体弱不堪的多情少女，叹息着走来，以求将自己的气息喷到恋人——四季中的青年——脸上，欲将之从睡梦中唤醒？夏季里，你真的死去了，还是在果心里、葡萄园中、打谷场上小憩？

你从城市街巷里带来疾病的气息，从山冈带来了鲜花的芳馨。伟大的心灵正是如此行事：静静地承受着生活的痛苦，也在静静地接纳生活的欢乐。

你对玫瑰耳语了奇异秘密，而玫瑰全知其中含义，故时而局促不安，时而绽出微微笑颜。上帝正是这样对待人类灵魂的。

你在这里慢条斯理地行走，而在那里又步履匆匆，换一处又奔跑飞驰；但是，你从不停息。人的思想亦如此，运动则生，静止则死。

你在湖面上写下诗句，随后又将之擦去。诗人也是这样，随写随擦，反反复复。

你自南方来，灼热得似爱情；你自北方来，寒冷得像死亡；你自东方来，像灵魂一样轻柔；你自西方来，似凶神一样疯狂。莫非你像岁月一样变化无常？难道你是八方的使者，将各方的叮嘱如实对我们传讲？

你怒气冲冲地从沙漠掠过，残酷地践踏驼队，然后将之埋葬在沙被之下。莫非你，你就是那种无形的流体，随黎明曙光起伏穿行在枝叶之间，像欢梦一样徜徉在谷地，那里的鲜花因迷恋你而频频摇曳，青草因陶醉于你的气息而翩跹起舞？

你在海上怒气大作，搅乱了大海深处的平静，致使大海对你大发雷霆，张开汪洋大口，一举吞下无数船只和生灵。难道你，你就是那顽皮多情的男孩儿，将围着房舍跑着玩的女孩子们的辫子轻轻抚弄？

*　　*　　*

你要把我们的灵魂、叹息和心神带往哪里？你要把我们的笑颜送往何方？你将怎样对待我们心里迸发出的火花？你想把它带往晚霞之后、尘世之外，还是把它当作猎物拖往遥远山谷和可怕山洞，在那里将之左右抛撒，直至消失隐匿？

夜阑更深，心向你透露自己的秘密；黎明时分，眼睛让你拨开自己的眼皮。你可记得心的感受和眼睛看到的东西？

在你的羽翼下，存放着穷苦人的悲伤回音、孤儿的哭号和寡妇的哀叹；在你的衣褶里，储藏着异乡人的思念、遭抛弃者的悲叹和烟花女子心灵的哭喊。这些可怜小人物的寄存物，你可曾妥善保管？或许你像大地，我们只要把一种东西交给你，你便将之变成自己身体的一部分？

你可听到了这呐喊声、哀号声、嘈杂声和哭声？或许你像富豪强人，穷苦人向他们伸手乞讨时，他们头都不回；人们对着他们高声呼喊时，他们充耳不闻？

听者的生命啊，你听到了吗？

情郎归来

夜幕刚刚降临，敌人败退了，人人背负箭伤，个个满身矛痕。胜利者高擎光荣旗帜，唱着胜利凯歌，踏着锤子击打山谷石子似的马蹄声节奏，豪迈地登上归程。

明月已爬上笕口山。胜利者们俯视战场，只见巨大岩石高耸，与民众的心灵一道直插天空。杉树林镶嵌在原野中，活像先辈们挂在黎巴嫩胸膛上的荣誉勋章。

胜利者们继续前进，月光洒在他们的武器上，闪闪发亮；远处山洞回荡着他们的欢呼声。他们行至一条山路口，一声马嘶使他们停下脚步，但见那匹马站在灰色岩石之间，仿佛变成了岩石的一部分。他们凑上前去，仔细观看，忽见一具尸体静静地躺在血凝的地面上。首领高声喊道："让我看看那口宝剑，我就认出剑的主人。"几个骑士翻身下马，围着死者仔细打量。片刻后，一个骑士回头望着首领，用深沉、嘶哑的声音说："他那冰冷的手指依然紧紧握着剑柄，我们羞于夺他的剑呀！"

另一个骑士说："宝剑穿上了血鞘，钢刃不见了。"

又一个骑士说："血凝固在手掌和剑柄上，将剑与手臂连成了一体。"

首领离鞍下马，走近死者，说："扶住他的头，让月光为我们照一照他的面容。"

骑士们迅速行动。旋即，死者的脸面透过死亡的面纱显现出勇敢、强悍和坚毅的英容。那是一位坚强战士的脸，无声的言语道出了男子英勇气概；那是一张懊悔而欢乐的脸，遇敌人严阵以待，见死神微笑相迎；那是一位黎巴嫩英雄的脸，身临战役，看到了胜利的曙光，但未能与战友们合唱凯歌同返。他们摘下死者的头巾，揩去他那蜡黄脸上的征尘，首领大惊，难过地高声喊道："这是伊本·萨阿比呀！多么惨重的损失！"骑士们边叹息，边异口同声地呼唤着烈士的英名。过了一会儿，他们肃静下来，认为这位英雄捐躯，使他们蒙受的损失巨大，远远盖过胜利的光荣。刹那间，他们就像一尊尊大理石雕像，场面的可惧令他们人人呆立在原地，个个寂静无声。所有这些都是死神带给英雄们的心态，哭天抹泪是女人的本能，号哭喊叫只适合孩童。挥剑的男子只有充满庄重严肃的沉默：那沉默紧紧扣着坚强的心，就像鹰爪紧掐猎物的脖颈；那不屑于哭泣落泪的沉默，使灾难显得残酷沉重；那沉默将一颗伟大的心灵从山巅降至海底；那沉默宣告暴风来临，即使一时没有到来，那沉默的作用也胜过暴风。

他们脱下烈士的衣服，察看死神之手所伤及的部位，但见他的胸膛上刀伤处处，就像一张张怒口，在寂静的夜下，诉说着男子汉的雄心壮志。首领走上前去，跪下仔细察看，发现烈士的手腕上缠着一条金丝绣花香罗帕。首领暗自打量、沉思，终于认出了织绸的巧手和绣花的纤指。他将香罗帕取下，藏在自己的怀里，站起来后退了两步，用颤抖的手遮着阴沉的面容。首领的手曾经何其威风，取下了多少敌人的首级；如今却软弱无力，擦着眼泪，不住抖动。因为他的手触摸到了那条金丝绣花香罗帕，而那香罗帕又是一位热恋中的姑娘亲手系在情郎手腕上的，以便送他奔赴战场，勇敢战斗；不期壮士倒在沙场，如今只能让战友们的肩膀将他抬回到姑娘的身旁。

首领的思绪徘徊在死神的暴虐与爱情的甜美之间！站在那里的一位骑士说：“来吧！我们在那株冬青槲树下给他挖个坟墓，让树根靠他的血滋养，让树枝从他的尸骨中吸取养料，从而长得更加茁壮，永久挺立在这旧址上，象征烈士的勇敢与坚强。”

有的说：“让我们把他抬到杉树林中去，把他埋葬在教堂附近，让他的遗骨永远被十字架阴影守护。”

有的说：“就把烈士埋葬在这里吧！这里的土坡被烈士的血浸染过。让烈士右手握宝剑，将他的长矛插在一侧，就地宰掉战马，让他的武器永远慰藉他的孤独寂寞。”

有的说：“不要埋掉他那沾着敌人鲜血的利剑，不要宰杀那匹征服死神的战马！不要把武器丢在这山间小路上，因为它已习惯于肩膀的晃动和手腕的力量；理应将它交给烈士的亲属，因为那是最好的遗物。”

有的说：“来吧！让我们跪在烈士周围向拿撒勒人耶稣基督祈祷，愿苍天宽恕他，并为我们的胜利祝福。”

有的说：“让我们拿长矛和盾牌做灵床，把烈士抬在我们的肩上，遍游山谷，高声把胜利凯歌唱。让烈士看看敌人尸横山野的壮景，也让烈士入土之前脸上绽出笑容。”

有的说：“来呀，让我们把烈士抬到他的马鞍上，用敌人的头颅支撑着他的遗体，让他手握长矛，像胜利者一样活着凯旋，表示他只有在不堪承受敌人灵魂的重负之后，方才将生命交给死神。”

又有的说：“来吧，让我们把他埋葬在这山中，使山洞传出的回音与他结为好友，溪水的淙淙流淌声给他送来安宁，因为夜的脚步在这里总是那么轻柔。”

还有的说：“千万不要把烈士留在这里！因为荒野寂寞难耐，孤独凄凉。来吧，让我们把他安葬在村上墓地，与我们先人的灵魂欢聚在一起，以便在寂静的夜间与他交谈，向他讲述先辈们的征战故事和他们的光荣历史。”

这时，首领走到众骑士当中，示意他们安静。之后，首领叹了一口气，说道：“不要再用战争的回忆打扰他了，也不要让他那盘旋在我们头上的灵魂再听利剑和长矛的故事。来吧，我们一道静静地把他送回故乡去，那里有一个不眠的心灵在期盼着他的归来，那是一位姑娘的灵魂，正等待着他从刀丛中回返。让我们把他送到姑娘那里去，好让她看一看情郎的遗容，吻一吻意中人的前额。”

众骑士将烈士抬在肩上，个个低头，人人垂目，神情沉静肃穆，迈着缓步走去。烈士那匹战马拖着缰绳跟在人们身后，不时地发出悲嘶，山洞以回音相应，仿佛山洞有心，与牲畜同感到悲伤沉重。

那山谷中的月光似乎放慢了脚步。凯旋大军跟随在祭送烈士的队伍之后，在拖着折断了翅膀的爱情幻影引领下前进着……

死之美

献给 M. E. H.

让我安睡吧！我的心已沉醉于爱情。

让我长眠吧！我的魂已享尽日夜照应。

请在我的灵床周围点起蜡烛，燃起香，将玫瑰花和水仙花瓣撒在我的身上！把麝香粉撒在我的头上，把香水洒在我的脚下，然后仔细观看死神之手在我的前额上留下了什么字样。

让我深深睡在困神的怀抱！因为久醒，我的眼帘痛感疲劳。

请弹起琴弦！让银丝弦声响在我的耳边。

请吹起芦笛！用那甜润的笛声，在我那行将跳动的心脏周围织上一层薄纱。

请唱起轻歌！用那神妙的词句为我的情感铺床，然后仔细观察我的两眼里闪出的希望之光。

伙伴们，擦去眼泪，抬起头来！就像黎明到来之时，鲜花昂起花冠，向着太阳开放。你们看，死神的新娘像光柱一样站在我的灵床与天空之间……请你们屏着呼吸，留心细听，片刻之后，便能和我一道听到她那雪白翅膀的沙沙扇动声。

同胞们，你们来同我告别吧！用微微笑唇将我的前额亲吻。用你们的眼睑亲吻我的双唇，再用你们的双唇将我的眼睑亲吻。

让儿童们靠近我的灵床，请他们用那柔嫩的玫瑰色手指摸一摸我的脖颈。让老年人靠近我的灵床，为我祝福，用他们那枯萎、僵硬的手将我的前额抚摩。让本地的姑娘们靠近我，看看我眼中的上帝影像，听听永恒世界的歌声回音与我的呼吸声共鸣同响。

永别

呵！我的身已到山顶，我的魂已遨游在自由无束的太空。

同胞们，我已走得老远老远。我的视线被遮挡，山丘壮景已荫翳在雾霭后面。千道峡谷被寂静汪洋淹没，万条蹊径已被遗忘之掌尽抹。草原、森林、道路笑隐在无数幻影之后；那幻影，白的像春云，黄的似阳光，红的如晚霞。

大海波涛的歌声变得微弱，溪水的吟唱消失在田间，人间的喧嚣哑然静止。此时此刻，我的耳际只有与灵魂嗜好相协调的永恒之歌。

安息

请取下我身上的麻织殓衣，用茉莉、百合花瓣为我裹体。

请从象牙棺材里抬出我的遗骸，让之平躺在柑橘、柠檬花枕上。同胞们，不要哭我，而要高唱青春欢乐之歌。田家女啊，请不要流泪，而要吟诵收获、榨汁季节的二重韵诗。

请你们不要用呻吟、叹息掩盖我的胸膛，而要用你们的手指画上友情与欢乐的符号和标记。

请你们不要用念咒和占卦打扰太空的休息，而要让你们的心与我一道盛赞永恒的真谛。

你们不要穿黑衣哀悼我，而要披白纱与我同乐。

你们不要伤心地谈论我一去不复返，只要闭上眼睛，就会看见我今天、明天和以后都在你们中间。

请你们让我躺在青枝绿叶上，肩抬着我，缓步把我送到空旷荒野那没有人烟的地方。

请你们不要把我抬到墓地，因为大理石会干扰我安息，尸骨、骷髅的咯咯碰撞声也会夺走我长眠的静谧。

请把我送到松柏林里，找块地方，为我掘个坟坑；在那里，紫罗兰与白头翁同长共生。

请把我的坟坑挖得深一些，以免洪水将我的尸骨卷入山谷。

请把我的坟坑挖得宽一点，好让夜的幻影来访时坐在我的身边。

请脱去这些衣服，让我赤身裸体入土。请你们将我放下，要慢，要轻，让我安睡在母亲的怀中。

请你们用松软的土将我掩埋，每把土里都要掺入百合、茉莉和长寿花种，让群芳吸取我遗体的养分，在我的墓上生长。开出的花儿，在空气里散发我心底的馨香；高高扬起头，将我灵魂里的秘密诉与太阳；随微风摇曳，让过路人记起我过去的爱好和梦想。

同胞们，现在请离开我，让我独自留在这里！你们走吧，迈步要轻，就像寂静行走在空谷之中。

让我独自留在这里，请你们静静地散去，就像巴旦杏、苹果树花飘飞散落在四月的春风中。

请你们回家去吧！在那里，你们会发现死神也不能够从我和你们身上取走的东西。

离开这个地方吧！你们所要的东西已经远远地、远远地离开了这个世界……

组歌

一支歌

我的心灵深处有支歌，不喜以语词为衣；那支歌居于我的心坎，不愿随墨水注入笔端；那支歌像透明的封皮，包着我的情感，不肯像口水涌上舌尖。

我怕以太细尘将之玷污，怎可将它吟唱？因它习惯于安居我心灵中，担忧它难耐人耳粗糙，我又能唱给谁听？

假如你看看我的眼睛，便会看到那支歌的幻影；倘若你触摸我的手指，就能感到那支歌在抖动。

我的作品能显示那支歌，就像湖面能够倒映星斗之光；我的泪水能揭示那支歌，如同气温将露珠挥洒之时，露珠便将玫瑰花的秘密揭露。

寂静将那支歌张扬，喧嚣又将之掩盖；幻梦令其复出，苏醒又将之隐藏。

众人哪，那是一支爱之歌，哪位以撒❶能唱？哪位大卫能歌？

它比茉莉花的气味芳香，哪个喉咙能将之抵抗？它比童贞女的秘密严实，哪根琴弦敢将之揭示？

谁能把大海咆哮与夜莺啼鸣结合在一起？谁能将暴风与孩子叹息

---

❶ 以撒，《圣经》中的人物，亚伯拉罕的嫡子，撒拉所生，意为“欢乐”。撒拉直到90岁还未生育，因为上帝赐福，100岁时，她生下了一个儿子。晚年得子，全家欢乐，故名之。上帝为了考验亚伯拉罕，要他将爱子以撒献为燔祭。亚伯拉罕捆了以撒摆好干柴，正要拿儿子献祭时，上帝派天使拦住了他，让他用一只公羊代为燔祭。

合而为一？哪个人会唱神的歌曲？

浪之歌

我与海岸是一对情侣，爱情使我俩接近，风又把我俩分离。我来自蓝色晚霞之后，以便让我的银沫与它那金沙结合，用我的唾液把我的心冷却。

黎明时分，我对着情人的耳朵将爱法朗诵，情人把我紧紧搂在怀中；夜幕降临，我把思恋祷词对他唱吟，他便与我热烈亲吻。

我执拗、急躁；我的情侣却既有耐心，且又坚韧。

涨潮时，我拥抱情人；落潮时，我拜倒在情人脚下。

多少次，当美人鱼游出深水，坐在岩石山观赏繁星时，我围着她们跳舞；多少次，我听情人与美女们诉说爱情之苦时，与之一道叹息；多少次，岩石悔恨自己僵死不能动，我与它逗笑，而它从无笑意；多少次，我从海底窃得珍珠，将之赠送给天下美女！

夜阑更深，人们与困神拥抱进入梦乡，而我却不眠，时而歌唱，时而叹息。我多可怜！

熬夜使我精疲力竭，容颜憔悴。但是，我是热恋者；爱情的真谛是长醒不睡。

雨之歌

我是银线，上帝将我从高空抛下。大自然将我笑纳，并用我去装点千谷万壑。

我是美丽的珍珠，散落在阿施塔特女神的王冠上；晨光的女儿将我偷去，用我将田野镶嵌。

我哭，而山川在微笑；我谦恭下士，而花儿却高昂起头。云彩与田地本是一对情侣，我是二者之间的救急使者；我自天而降，医好那位的疾病，解除这位的干渴。

雷声和闪电是我到来的先兆，七色彩虹宣布我的行程终结。世间生活亦如此：始于盛怒的物质脚下，终于平静的死神手上。

我从湖心升腾，在以太的翅膀上行走。当我看见美丽的园林时，便立即降下，亲吻白花芳唇，拥抱绿叶青枝。

寂静之时，我便用自己的纤细柔软手指敲击窗玻璃；那敲击声构成乐曲，敏感的心灵方能通晓领会。

空气的高温将我生下，我则解除空气的高温。正如女子，她从男子那里汲取力量，又用这力量去征服男子。

我是大海的叹息，我是天空的泪水，我是田野的微笑。爱情亦如此，它是情感大海的一声叹息，思想天空的一滴泪水，心灵田野的一丝微笑。

美之歌

我是爱情的向导，我是精神的醇酒，我是心灵的美食。我是一朵玫瑰花，日出东方，我开启心扉，少女将我摘下，又把我亲吻，然后把我挂在她的胸前。

我是幸福之家，我是欢乐源泉，我是宽舒起点。我是窈窕淑女粉唇上的轻柔微笑，小伙子看见我会忘怀疲劳，他的生活会变成美梦的舞台。

我能启迪诗人的心灵，我能给画家引路，我能给音乐家当导师。

我是婴儿眼中的亮光，慈母见之，急忙跪拜、祈祷，把上帝赞扬。

我将夏娃的胴体展示在亚当面前，致使亚当对之顶礼膜拜；我在所罗门面前饰作他那意中人的苗条身段，致使所罗门变成了哲学家和诗人。

我向海伦❶微微一笑，特洛伊❷化为一片废墟；我为克娄巴特拉❸戴上王冠，尼罗河谷充满温馨和睦。

我像世代，今天建设，明日毁坏；我是上帝，使万物生，亦令之死。

我比紫罗兰花的感叹轻柔，我比暴风强烈。

众人，我就是真理。我是真理，这一点你们最该知晓。

幸福之歌

人是我的情郎，我是人的情伴。我思慕他，他迷恋我。可是，

---

❶ 海伦，希腊传说中最美丽的美人，特洛伊战争的间接起因。

❷ 特洛伊，小亚细亚西北部古城遗址，位于土耳其达达尼尔海峡港口查纳卡累以南 40 公里处，即今土耳其希沙立克。

❸ 克娄巴特拉（前 70—前 30），埃及托勒密王朝著名女王。

呜呼！我和他之间冒出了个第三者，和我一道爱上了他，使我面临不幸，也给他造成了痛苦和折磨。那暴虐的第三者名叫“物欲”，我们走到哪里，它跟我们到哪里；它像毒蛇一样，分开了情郎和我。

我去旷野寻情郎，在树下，到湖旁，不见他的身影；因为物欲引诱他，将他带往城市，去会狐朋狗友，搞腐化堕落，终于自投不幸之中。

我去知识学院、智慧殿堂，不见他的身影；因为那以尘土为衣的物欲把他带到自私自利堡垒中去了。那是醉生梦死居住之地。

我去知足之地寻情郎，不见他的身影；因为我的情敌把他禁锢在贪得无厌的洞穴里。

黎明时分，东方欲晓，我呼唤情郎，他听不到我的喊声；因为留恋过去的困意使他的眼皮感到沉重。夜深人静，百花入眠，我与他嬉戏，而他却不理睬我；因为向往未来的迷恋占据了他的心。情郎爱我，他在自己的作品中寻觅我；其实，他只能在上帝的作品里找到我。他想到用弱者的骷髅建在金银中的荣誉宫殿去与我相会，而我只在情感溪畔那神灵建造的朴素茅舍里才与他见面。他想在暴君、杀人犯面前和我亲吻，而我只有在纯洁花丛间幽会时，才准许他吻我的双唇。他希望计谋为我俩做媒，而我只求纯洁、美好的工作当我们之间的媒婆。

我的情郎从我的情敌——物欲——那里学会了呐喊和喧嚣，而我将教他自己的眼里流出求怜的泪水，发出要求充足东西的叹息。我的情郎属于我，我也属于他。

花之歌

我是大自然说出的话语，旋即大自然又将之收回，隐藏在自己的心里，然后又将其讲出。我是星斗，由蓝色帐篷落到绿地地毯上。

我是冬天孕育的各种成分的女儿，春天将我生下，夏天将我养大，秋天哄我入睡。

我是情侣俩的礼物，我是婚礼上的花环，我是生者送给死者的最后一件赠礼。

清晨，我与微风合作宣布光明的到来；夜晚，我与百鸟一同与光明告别。

我在平原上摇曳晃动，将平原装饰一新；我在风中呼吸，使空气里充满芳香。我睡下时，夜晚的无数只眼睛盯着我；我醒时，用白日的单只眼睛观察。

我喝着露酒，听着鸫鸟唱歌，和着青草的掌声起舞。我经常向高空仰望，以便看到光明，不看自己的幻影。这就是人尚未学到的哲理。

人之歌

你们原是死的，而他以生命赋予你们，然后使你们死亡，然后使你们复活；然后你们要被召归于他。

——《古兰经》[1]

我自古存在，依今故我，我将存在到永久，我的存在无终结。

我曾在无穷太空遨游；我曾幻想在世界翱翔；我接近过最高光明圈。看哪，如今却成了物质的囚徒。

我听过孔夫子的教诲；我聆听过婆罗门的哲理；我曾在菩提树下坐在达摩的身旁。呵，我现在正与愚昧和不信神搏斗。耶和华面谕摩西时，我在何烈山上；在约旦河旁，我亲眼看见过拿撒勒人耶稣显示奇迹；在麦地那城，我听过阿拉伯人的先知训教。呵，我现在却成了迷惑、彷徨的俘虏。我看到过巴比伦的强盛，我见识过埃及的辉煌，我领略过希腊的壮丽，但我仍看到柔弱、屈辱和卑微显现在那所有功业里。我曾与艾尼·杜尔的妖术师、亚述的祭司、巴勒斯坦的先知们坐在一起，但我仍然歌颂真理。我背诵过来自印度的格言，我熟读过源自阿拉伯半岛居民心中的诗歌，我领略过由马格里布人情感凝结而成的音乐；但我是视而不见的瞎子，听而不闻的聋子。我

[1] 引自马坚译《古兰经》第二章第二十八节。

承受过贪婪征服者的残暴，我遭受过专制统治者的欺凌和暴虐之徒的奴役；但我仍然有力量与日月抗争。

我看到和听到所有这些时，我还是个孩童；我将要看到和听到青年时代及其未来的功业；我将要步入老年，臻于完美，归于上帝。我自古存在，依今故我，我将存在到永久，我的存在无终结。

诗人之声

一

力量能够把种子播在我的心田，我来收割，集起谷穗，将之一捆一抱地送给饥馑者。

灵魂使这微小的葡萄树成活，我则把它结出的葡萄榨成汁，送给干渴的人喝。苍天给这盏灯添满了油，我则将之点上，放在我家窗口，为夜下行人把路照亮。我之所以做这些事情，因为我靠此而活着。假若白昼禁止我的行动，黑夜又将我的双手捆起，我则求一死。因为死最适合于一个被其民族抛弃的先知和在乡亲中被视为异乡人的诗人。

人们像暴风一样喧嚣，我则静静地叹息。因为我发现暴风的怒吼会消失，会被世代的汪洋大海吞噬，而叹息则与上帝一起永存。

人们贪恋冰雪一样寒冷的物质，我则追求爱的火焰，将之抱在怀里，让其吞食我的肋骨，销蚀我的五脏六腑。因为我熟知物质能使人毫无痛苦地死去，而爱情则用痛苦使人复活。

人类分种族、群体，分属国家、地域。我视自我在某一地区为异乡人，独立于任何一个民族。整个地球都是我的祖国，所有人类家庭都是我的亲戚。因为我发现人已十分弱小，还要自我分割，岂不是自视卑贱！地球本来就很狭窄，还要分成若干王国，岂不是过分愚昧！

人类竞相捣毁灵魂殿堂，合力建造肉体学院，我却独自站在痛惜的立场上。但是，我留心聆听，听到我的内心里有一种希望声音在说："就像爱情用痛苦使人复活那样，愚昧能教人认识知识之路。痛苦和愚昧能化为巨大快乐和完整知识。因为永恒的智慧在太阳上没有创造任何虚假东西。"

二

我思恋我的祖国，因为她美丽无比；我热爱我的国民，因为他们无比不幸。但是，如果我的民族在被他们称为"爱国主义"的策动下，起来向邻国发动进攻，掠夺人家的财产，残杀他们的男子，使儿童变为孤儿，令女子变成寡妇，使土地饮其男儿的血，令野兽食其青年的肉，那时，我便会厌恶我的祖国和国民。

我赞美我的故乡，我思念我在那里成长起来的国家。但是，如果有路人经过那里，要求在那家园投宿，向乡亲们要口面饼，竟会遭到拒绝，并被驱赶而去，那么，我的赞美就将为哀叹所代替，我的思念也将被遗忘淹没，我会自言自语："连一块面饼都舍不得给饥馑者，连一张床都不肯给投宿者的家园，应该就地捣毁，夷为废墟！"

我爱故乡，更爱祖国，尤爱祖国的大地。我全身心热爱大地，因为大地是人性的摇篮，而人性则是大地上的神性灵魂。神圣的人性正是大地上的神性灵魂。那人性站在废墟之间，赤条条的身上只盖着破布片，凹陷的两腮挂着热泪，高声呼唤着自己的儿女们，使整个广宇充满了呻吟声和哭叫声，而她的儿女们根本不去理她的喊声，只顾唱着宗派主义的歌，更无视她的簌簌泪流，只顾磨自己的利剑。那人性独自坐着，向民众大声求救，而民众听不见。假如有人能听到她的喊声，定会回应，继而走近她，为她擦拭眼泪，安慰她惨遭不幸。这时，民众会说：“不要管她！眼泪只能打动弱者。”

人性是大地上的神性灵魂。那神性行走在各国之间，畅谈博爱，指出人生之路，而人们却嘲弄神性的言论和教诲。往昔，在那里虽然耶稣听了神性，人们却把他钉在十字架上；苏格拉底[1]听了神性，人们让他服毒杀身；如今，许多人听了神性，而且当着众人大谈耶稣、苏格拉底和神性，人们再没有能力杀死他们，但却讥笑他们说：“讥笑比杀人更厉害、更苦涩。”

耶路撒冷未能杀死耶稣，耶稣活到永远；雅典未能处死苏格拉底，苏格拉底得到永生。

讥笑也不能征服听从人性呼唤、紧跟神性脚步的人们，他们也将活到永远，得到永生。

三

你是我的兄弟，我俩都是至尊圣灵之子。你像我一样，因为我俩同是肉体的囚徒，而上帝铸造两个肉体时用的是同一块泥。你是我生活道理上的伙伴，正是你帮助我认识隐藏在乌云之后的真理的

---

[1] 苏格拉底（前469—前399），古希腊大哲学家。

本体。

你是人，我的兄弟，我爱你！你可以随意对我加以评说。因为明天将为你做裁判，你的话语将在公正裁决面前成为明显而确凿的证据。

你可以随意从我这里拿东西。因为我所占据的钱财，其中一部分属于你；我所占有的房地产，是我为我的贪心占有的，你可以享用其中一部分，如果一部分能让你满意。你可以随意处置我。但是，你却没有能力触犯我的真理。你可以放我的血，焚烧我的肉体，但你不能使我的心灵痛苦，更不能使之死去。你只管给我的手脚戴上镣铐，将我下到黑暗的牢狱，但你却不能俘虏我的思想，因为它自由得像微风，徜徉、遨游在无边无沿的天宇。

你是我的兄弟，我爱你。你在你的清真寺里做礼拜，我爱你；你在你的庙堂里顶礼膜拜，我爱你；你在你的教堂里做祈祷，我爱你。你和我本是一种宗教之子，那宗教便是灵魂。这种宗教各分支的领袖都是指向心灵完美的神性之手上相互连在一起的手指。

我爱你，爱你那源自一般智力的真理。那真理，我现在看不见它，因为我盲目；但我认为它是神圣的，因为它是心灵的作品。那真理将与我的真理在未来的世界里相遇，像花的气息一样相互结合在一起，变成一个完整永恒真理，与爱与美一道永存长在。

我爱你，因为我见你在暴虐强者面前那样软弱；我爱你，因为我见你在贪婪的富豪门前那样穷困。因此，我为你哭泣落泪。我透过眼泪，看见你在公正的怀抱中，公正在向着你微笑，蔑视压迫你的那些人……你是我的兄弟，我爱你。

四

你是我的兄弟，我爱你。既然如此，你为什么与我为敌?

你为什么来到我的国家，试图说服我讨好那些教长? 君不见，那些教长用你的话语求取荣光，借你的辛苦获得欢乐。你为什么丢下你的妻儿，去到遥远的地方，为将军们送死?

君不见，那些将军想用你的鲜血买高官，借你母亲的悲痛换取尊荣。难道说一个人杀自己的兄弟能算高尚? 如果是那样，我们就为该隐[1]树雕像，为亚那[2]唱颂歌。

喂，我的兄弟，他们说:“维护自我是大自然的根本法则。”但是，我认为野心家的特点在于:首先使你甘心牺牲自我，以便达到制服你的兄弟们的目的。他们说:“要想生存，必须侵犯他人权利。”我则说:“维护他们的权利，那才是人类至尊至美行为。”我还要说:“假若我的存在必须使他人死亡，那么，死亡对我来说最甜最美。假如没有人让我体面、光彩、清白地死去，我会亲手把自己提前送往永恒世界。”

我的兄弟呀，自私自利会导致盲目竞争，竞争会产生沙文主义，沙文主义会生出专利。所有这些都是争执和奴役生成的原因。心灵

---

❶ 该隐，《圣经》中的人物。人类始祖亚当和夏娃的长子，以种田为生。他和弟弟亚伯用各自的产物向上帝献祭，上帝悦纳了弟弟的供物，而未看中他的供物。他出于嫉妒，将弟弟杀害。上帝惩罚他，将他流放挪得。

❷ 亚那，《圣经》中的人物。犹太大祭司，该亚法的岳父。该亚法后来当上了大祭司，成为杀害耶稣的元凶。据传，耶稣被出卖后，首先被带到亚那那里。

主张智慧和正义压倒愚昧和邪恶，而坚决反对那种拿金属锻造长矛、利剑，用武力推行愚昧和邪恶的权势。正是那种权势毁坏了巴比伦，毁坏了耶路撒冷的支柱，摧毁了罗马的建筑。正是那种权势造就了刽子手、杀人犯，而人们却把他们描述为“伟人”，作家依然在宣扬他们的名字，书籍也把他们的战斗记录、保存下来；与此同时，当他们用鲜血染红地面时，大地也不得不把他们背在自己的背上……兄弟呀，究竟是什么东西使你迷恋于欺骗你的东西、依附于危害你的人呢？真正的权势是维护公正普遍自然法则的智慧。假若一种权势能够处决杀人犯，将盗贼打入监牢，自己却又去进攻邻国，乱杀成千无辜，掠夺上万财富，那么，这种权势的正义何在呢？对那些让杀人犯去惩处杀人者，让盗贼去处罚小偷的宗派主义者，又该作何评论呢？

你是我的兄弟，我爱你。爱是最高形式的正义。假若我对你的爱在各方面有失公正，那么，我就是穿着爱的漂亮外衣，以掩饰自私自利丑陋面目的诈骗犯。

结束语

我的心灵是我的好友：每当日月灾难沉重，总给我以安慰；生活艰辛之时，与我共分忧愁。谁不做自己心灵的朋友，便成为人们的敌人；谁不能自我安慰，便会绝望而死。因为生命源自人的内心，而非来自周围外界。

我来到人间，有话要说；我将要把它讲出。假若在我讲出它之前，死神就把我召去，那么，来日会将之讲出。来日是不会把隐藏的秘密留在没有穷尽的书中的。

我来到人间靠爱的荣耀和美的光明活着；看哪，我现在活着，人们无法使我远离生活。

如果人们挖去我的双眼，我会留心听赏爱之歌和美之曲。如果人们塞住我的两耳，我会因为接触到融合着情侣气息和美的芳香的以太而感到快乐。

我来到人间，是为了大家，也依靠大家。我今天独自做的事情，未来会当众宣布；我现在单口说的话语，来日会用许多口舌道出。

珍趣篇

外壳与内核

我喝下一杯苦西瓜汁，而沉淀在杯底的却是蜂蜜。

我走上一条羊肠小道，却来到一片绿色平原。

我将一位朋友丢在云雾里，却发觉他站在拂晓的光芒之中。

多少次，我用吃苦耐劳精神外套遮掩我的痛苦与烦恼，幻想报酬与善待就在其中。可是，当我脱下外套时，却见痛苦已经变成欢乐，烦恼业已化为爽朗。

多少次，我与伙伴并行在公开世界里。我暗自说："瞧他多么呆傻，多么笨拙！"可是，我刚刚走进秘密世界，却发现自己是个残暴不公的人，反倒觉得我那位伙伴多么聪明、机警。

多少次，我醉于自己的酒，认为自己和我的同伴是羊羔和狼；直到我从酒醉中醒来之后，才发觉我是人，我的同伴也是人。

众人啊，我和你们都对我们的情况感到吃惊，都对我们隐藏的真实情况视而不见。假若我们当中有谁被绊倒，我们就说他是堕落者；有谁故意行动迟缓，我们就说他是腐败者；有谁说话口吃，我们就说他是哑巴；有谁唉声叹气，我们就说那是垂死挣扎者的哀鸣。

我和你们都喜欢"我"的外壳和"你们"的表皮。因此，我们看不见外壳向灵魂透露的关于"我"的秘密，也看不见外壳对灵魂隐瞒着的"你们"的秘密。

我们满脑子自负情绪，根本不看我们的实际情况，能指望我们干什么呢?

我对你们说——也许我的话是假面具，掩盖着我的真实面孔——我对你们和我自己说，我们用眼看到的东西，绝不比用一块眼罩遮住我们的眼睛而用洞察力所看到的东西更多些。我们用耳朵听到的，无非是干扰我们应该用心领会的东西的叮当响声。假如我们看见一名警察正把一个人带往监牢，那么，我们不应该再去判断他俩谁是罪犯。假若我们看见一个人已倒在血泊中，而另一个人双手沾满鲜血，出于正确见解，我们不应再判断谁是被杀者，谁又是杀人犯。假如我们听到一个人唱歌，而另一个人哭号，我们则应该忍耐一下，以便判断谁是高兴者。

不，我的兄弟，不要用一个人的表现判断他的真实情况，不要把某人的某句话或某件工作当作其内心世界的标题。也许有那样一个人，因其笨嘴拙舌、语调怪僻而被人认作呆傻；然而他的存在，却是通往聪慧的路标，他的心田却是启示降临的地方。也许有那样一个人，因其面孔丑陋、生活狼狈而被看不起；然而他却是上天赠给大地的礼物，上帝降给人间的赠品。

也许你于同天访问了宫殿和茅舍，走出宫殿时心中充满恐惧，步出茅舍时感到由衷同情。可是，假若你能扯掉你的感官编织的表面现象，你的恐惧之情便会萎缩，继而下降到遗憾水平；你的同情心绪会发生变化，继之上升到敬重阶梯。

早晨与夜晚之间，也许你会遇到两个人：第一个人与你谈话时，其声若呼啸狂风，其举动似威风大军；第二个人与你谈话时，其声颤颤抖抖，其心惶恐不安，其语断断续续。这时，你定判断：第一个人勇敢果断，第二个人懦弱胆怯。也许有那么一天，时光派他俩去迎战困难，或为某原则贡献青春。到那个时候，你再看看他俩，便会明白：虚饰的孟浪并非勇敢，无声的羞涩并非怯懦。

也许有时透过屋窗向外看，见路人中间有一位修女靠右边走，另有一个妓女走在左边。你会立即说："修女多么高尚，妓女多么可耻！"可是，假若你合上眼睛，侧耳倾听片刻，会听到太空中传来一个细微的声音："这一位用祈祷恳求我，那一位用痛苦请求我。她俩的灵魂里各有一把属于我的灵魂的伞。"

或许你在大地各方巡游，寻觅被你称作文明和发展的东西；进入一座城市，那里宫殿巍峨，学院堂皇，大街宽敞，人们快步走东奔西，有的开凿大地，有的翱翔天空，有的抢夺闪电，有的向风求问，个个衣着华丽，款式新颖，似过节日，如临盛会。

几天之后，你移步进入另一座城市，那里房舍低矮简陋，街道狭窄；老天降雨，该城会变成泥海中的胶泥岛；太阳出来，空中会布满尘土凝聚成的乌云。那里的居民纯朴本分，如同松弛的弓弦。他们行路缓慢，工作粗枝大叶。他们看你时，仿佛眼后有眼，正在凝视离你很远的东西。你离开他们那里时，心中充满晦气，有不胜枚举之感，会暗自言语："我所看到的两座城之间的差距，恰如生与死之间。那边强壮有力似涨潮，这里软弱无力如退潮；那边精神振奋像春天，这里疲惫松垮似秋冬；那边朝气蓬勃似青春在花园中翩跹起舞，这里老气横秋似暮年静卧在灰烬之上。"

但是，倘若你能借上帝之光看看那两座城市，会发觉那是同一花园中两棵相邻的树。也许细细观察一下，你会发现：你所想象的其中一棵树所具有的那种优点，不过是闪光一时的泡沫；而另一棵树身上被你视为懒散松垮的东西，却是隐藏着的固有珠宝。

不，生活的本质不在于表面，而在于其内涵。看物不要只看外壳，而要看其内核。人之美不在其貌，而在其心。

不，宗教的真谛不在于寺庙所表露、礼仪与传统所阐明的那些东西，而在藏于灵魂深处及要用心意感化的那些东西。

不，艺术的价值不在于你的双耳听到的那种抑扬顿挫的歌声，不在于诗歌朗诵里那种铿锵有力的语调，不在于你的两眼所看到的流畅线条及斑斓色彩，而在于歌中轻重高低之间无声颤抖的距离，在于通过诗歌渗入你的心田里的诗人灵魂中的沉静、寂寞情思，在于画面给你的启示，留心观之，从中看到比画面更远、更美的东西。

不，我的兄弟，日夜的价值不在其表面。我行进在日夜之星上，对你这样说，不过是为了通过它向你吐露平静内心里的一些话语。那么，在你察明我的心意之前，不要把我看作傻瓜；在你解除我的心底疑虑之前，不要把我想象成天才；在你看见我的心之前，不要把我说成吝啬鬼；在弄明我的慷慨暗示之前，不要把我说成仗义疏财的男子汉。请你不要把我看作多情者，除非弄清我情寄世间的一切光与火；莫把我称作无情人，除非你已触摸到我身上那鲜血淋漓的伤口。

硕果压魂

我的灵魂挂满了沉甸甸的果子，可有饿汉前来采摘果子、饱食一顿吗？

莫非人间没有一位仁慈的戒斋者肯来餐食我的收成，卸去我的重担，让我轻松一下？

我的灵魂被金银重载压着，难道没有人想取之装满自己的口袋，以便减轻我的负担？

我的灵魂里盛满陈年佳酿，莫非没有干渴者前来自酌畅饮？

一个人站在大路中间，将满握珠宝的手伸向过路的行人，呼唤着："你们为什么不怜悯我一下，把我手中的珠宝拿去？可怜可怜我，把我的珠宝拿走吧！"然而人们头也不回，继续朝前走去。

也许他是个讨饭的叫花子，把颤抖的手伸向过路人，然后收回战栗的空手。也许他是个瘫痪盲人，人们走过他的身边，谁也不曾对之留心。

他是个仗义疏财的富翁，在茫茫荒原与山脚之间搭起帐篷，每日夜晚燃起篝火，并派奴仆去路边等候，以便接来宾客进行款待。可是，大路却是那样吝啬，没有向他推举一个觅食者，也没有给他送来一位讨饭人。

莫非他是个被抛弃的贫民？！

也许他是个四处奔走的游荡汉，手拿拐杖，臂挎饭桶，夜来露宿街巷，坐在流浪汉们身边，与他们共餐施舍面包。

她是伟大君王的公主，已从梦中醒来，离开牙床，站起来，穿上她那紫红色的长袍，戴上珠宝，发髻上喷洒麝香，手指浸蘸千日香蜜，然后步入花园。她缓步鲜花丛中，露珠打湿了她的衣角。

在静谧的夜里，公主漫步花园，寻觅自己的心上人。然而，在父王的国度里，没有人爱她。

假若她是个村姑，那该多好！信步山谷草坡，放牧父亲的羊群，身披晚霞返回父亲的茅舍，双脚沾着隐居之地的尘埃，衣褶间散发着葡萄的芳馨；待到夜幕垂降，村民们进入梦乡之时，她偷偷走向意中人等待她的地方。

假若她是修道院里的一位修女，那该多么好啊！燃烧自己的心当香，整个天空散发着她心头的芳香；点燃自己的灵魂当蜡烛，让心上人擎着她的灵魂之光。她顶礼膜拜，让隐形的鬼怪将她的祷告带往时光宝库；在那里，虔诚信徒的祈祷被保存在情侣的热心与追求孤单者的低语旁！

但愿她是一位老妪，坐在阳光下，向分享她的青春的人求取温暖，总比当公主要好。因为在父亲的王国里，既无人将她当面包吃，亦没人将她的热血当酒饮！

我的灵魂挂满了沉甸甸的果子。在这个地球上，可有饿汉前来摘果饱食？

我的灵魂里盛满陈年佳酿，莫非没有口渴者自酌畅饮？

但愿我是一棵无花无果之树！富有者的痛苦胜过无果，宽裕而无付出者的忧愁要比食不果腹者的绝望还要可怕。

但愿我是一口枯井，任凭人们向我投石，总比我是一道甘泉，人们打我旁边走过，而不汲取一口水要好。

但愿我是一根甘蔗，任凭人们用脚踩我，总比我是一把银弦吉他，久置断指人家中，其亲人皆为聋子要好！

一捧岸沙

*　爱情的悲伤在歌唱，知识的抑郁在谈话，希望的苦闷在低语，贫困的忧虑在号丧。然而有比爱情更深刻的悲伤，比知识更高尚的抑郁，比希望更强烈的苦闷，比贫困更苦涩的号丧。但是，悲伤、抑郁、苦闷、号丧都是哑巴，不声不响；至于它的眼睛，则灿若群星，闪闪放光。

*　当你受邻居的坑害而诉苦时，你应该把自己心的一部分送给邻居当礼物。若邻居心胸宽广，会感谢你；若其心胸狭窄，会瞧不起你。

*　进步不能改善过去的一切，只会向着将要出现的东西前进。

*　镇静是掩饰傲慢脸面的面纱，诉苦是遮盖灾难面孔的假面具。

*　野蛮人饿时，从树上摘果子充饥；文明人饿时，从买者那里买来果子下肚，而这位买者是从那位买者那里买到的，那位买者又是从另外一位买者那里买的，另一位买者是从上树摘果子人那里买的。

*　艺术是由明显的无知走向隐匿的未知的一步路。

* 有的人鼓动我忠于他们，凭以品尝我的宽厚豪爽滋味。

* 我无法了解一个人的意图，除非他认定我欠他的债。

* 大地呼吸，我们存在；大地咽气，我们死亡。

* 人的眼睛是显微镜，向人展示的世界要比真实世界大。

* 我在这样的人们之间是无辜的；他们将喋喋不休视为学问，将沉默无语看作无知，把矫揉造作当成艺术。

* 也许我们认为极难的事情，恰恰是通向它的极易之路。

* 人们对我说："你若看见一个熟睡的奴隶，千万不要叫醒他，也许他在梦想自由。"我回答他们："我若看见一个熟睡的奴隶，我就把他叫醒，和他谈谈自由。"

* 反对是最低等的才智。

* 美将我们俘获；至于最美，则把我们释放，甚至出自其本意。

* 热情是火山，其顶峰不会生长犹豫之草。

* 河水始终流向大海，不管水磨轮子破烂或完整。

* 文学家用思想情感写作，然后奉献言论；研究者用言论创作，而后奉献一点点思想感情。

* 你吃得快，走得快，何不用脚吃饭、用手走路?!

* 你无大喜，也无大悲，仅仅因为世界在你眼里太小。

* 知识使你的种子发芽，而不把你当作种子抛掉。

* 我不憎恶他人，除非憎恶能够成为我的自卫武器；但是，假如我不是个弱者，我便不会以此做武器。

* 假若耶稣的先人知其心事，他们会恭恭敬敬地站在耶稣面前。

* 爱情是颤抖的幸福。

* 他们认为我目光犀利，穿肠透骨，因为我隔着筛子网眼看他们。

* 我并无孤独之感，除非人们赞扬我的种种缺点，批评我的样样优点。

*　在众人当中，有被杀者，但滴血未淌；在众人当中，有盗窃者，但未偷过任何东西；在众人当中，有欺骗者，但说的全是实话。

*　需要证明的真理，仅仅是半真理。

*　你们何不让我远离不会哭的箴言、不会笑的哲学、见童子不点头的傲慢！

*　宇宙，明智的宇宙，被万物遮掩的宇宙，拥有万物的宇宙。在万物之中，又属于万物的宇宙啊，你之所以能听到我的声音，是因为你就是我的存在；你之所以能看到我，是因为你的慧眼能见万物生灵。给我的灵魂里播下你的一颗智慧的种子，让它在你的森林中长成大树，为你奉献果子。阿门！

雾中之船

在一个风雪交加的夜里，我们在卡迪沙河谷山坡上的一座孤零零的房子里，听到一位男子的谈话。

那男子边用棍子拨弄着炭火盆里的灰，边对我们说：

“喂，朋友们，你们想让我向你们吐露我忧伤的秘密？

“你们想让我给你们谈谈日日夜夜重现在我心中的那幕悲剧？

“你们已经厌恶了我的沉默寡言和守口如瓶。你们已经腻烦了我的唉声叹气与烦躁不安。你们中的一部分人对另一部分人说：‘既然这个人不让我们进入他的痛苦寺庙，我们又怎能进入他的友情之家呢？’

“朋友们，你们说对了。谁不能和我们共苦，也便休想与我们同甘。

“那么，你们就听听我的故事吧！你们只管听，不必同情；因为同情只宜给予弱者；而我，尽管遭遇不幸，却依然是强者。

“自打我的青春黎明时起，我就在白日幻想和黑夜梦境中看到一位女子的身影。她形态姝丽，德行罕见。在我独处幽居的夜晚，她站在我的床边。在寂静之中，我听得到她的声音。有时候，我闭上双眼，感觉到她的手指在抚摩我的前额，我立即睁开眼睛，惊恐地站起来，聚精会神，侧耳倾听那本不曾有的低声细语。

“我自言自语：‘莫非我的想象力将我抛进了五里云雾之中？莫非

我用梦之雾气制造了一位女子，容颜俊秀，声音甜润，触感柔软，以便取代一位真实存在的女子的地位？莫非我已神魂颠倒，把理智中的幻影当成了我所亲近、钟爱、依附的靓女？莫非我离群索居，正是为了与她接近？难道我合上双眼，捂住双耳，不听人间一切声音，专为看她的容貌，倾听她的声音？难道我真的疯啦？莫非我是个疯子，不以离群索居为满足，竟用孤独幻影造出一个女伴、夫人？'

“我说出‘夫人’一词，你们定会觉得新奇。可是，的确有一些使我们感到奇怪，甚至否认的东西，因为它以某种不可能出现的现象显示在我们的面前。不过，我们叫怪也好，否认也罢，都不能把事实从我们的心中抹掉。那个梦幻女子是我的夫人，与我共有并交流生活中的一切爱好、倾向、欢乐和意愿。清晨，我刚刚醒来，便见她靠在我的枕边，正用充满童真与母爱的目光望着我。我只要想做一件事，她便立即帮我完成。我刚在餐桌前坐下来，她便与我对面而坐，和我谈天，交换想法。夜幕垂降，她靠近我，对我说：‘走，我们到丘陵和山坡上走一走吧！我们已在这座房子里待够了。’此时此刻，我就放下工作，拉着她的手走去，一直走到蒙着充满寂静神奇色彩的傍晚面纱的旷野。在那里，我俩并肩坐在一块高大岩石上，凝神注视远方的斑斓晚霞。她时而指点被夕阳涂上金黄色的云朵，时而让我聆听鸟儿的鸣啭，只听群鸟入林归巢之前唱出赞美诗式的歌声，洋溢着感谢与安详的情感。

“多少次，正当我独处忐忑不安时，她便出现在我身边；只要我一看见她，不安顿时化为镇静，忐忑心绪随即转为舒展坦然。

“多少次，我遇到众人时，只觉灵魂中有一支大军正向我所憎恨的东西发动进攻；可是，我一看到她的面孔出现在众人之间，我心中的暴风便立刻化为神圣乐曲。

“多少次，我独坐一方，心揣一把生活中的苦与累制成的宝剑，脖子上套着用人间难题串起来的锁链。我偶然抬头，只见她站在我的面前，正眷恋地凝视着我，二目间充满光明与纯美。于是，我头上的乌云顿时消散，喜悦之情顷刻充满心间，生活在我的眼里变成了欢快的乐园。

“朋友们，你们会问，我是否对这种古怪处境感到满足？你们会问，一个风华正茂的青年是否能够对被你们称为幻想、幻象、幻梦，甚至称为精神病状态的情况感到满足？

“我要告诉你们，在那种状态下度过的岁月，是我平生最美好、最幸福、最甜润、最安详的时光。我要告诉你们，我和我的天仙女伴是一种绝对纯洁的思想，它遨游于太阳光里，漂浮于大海水面上，信步于月夜之下，听着耳所未闻之歌，站在眼所未见景前。生活，整个生活，就在我们用我们的灵魂所体验的一切之中。存在，全部存在，就在我们所知道的、所证明的、我们因之兴奋或悲伤的一切之中。我已用自己的灵魂体验过那件事，且每日每时都在体验着，直到年满三十。

“我愿我不到三十岁。但愿我到那个年龄之前死去一千零一次。因为那一年夺去了我的生活之核，使我的心血淌尽，让我像一棵光秃秃、孤零零的松树一样站在日夜面前，枝条不会随大风之歌起舞，鸟儿不在其花与叶之间筑巢。”

说到这里，谈话人沉默片刻，低下头，闭上眼，双臂下垂到木凳边，仿佛失望到了极点。我们则默不作声，静等他继续把故事讲完。片刻过后，他睁开双眼，用发自受伤的灵魂深处的断断续续的声音，说：

“朋友们，你们可记得，二十年前，这座山上的执政官派我去威尼斯城执行一项科学任务，让我带给那个城市市长一封信。我们的执政官是在君士坦丁堡与那位市长相识的。

“我离开黎巴嫩，乘一艘意大利轮船远航。时在三月，春之魂颤动在风的衣褶里，和着海波曲折伸展，模仿着绝美的图样，在积聚于地平线上的白云里钻窜滚翻。我该如何向你们叙述我在船上的日日夜夜呢？人们熟悉语言的力量超不出人的所知所感，而人的精神之中有比人所知更深远、比人所感更细腻的东西，我又如何用语言向你们描绘呢？

“我和我的天仙女伴共同度过的那些岁月，充满温馨与友爱，沉浸在静谧、欢快气氛之中，不曾想过痛苦之神还会在幸福幕帘之后伏候着我，也未曾料想到苦汁会沉淀到杯底。不，我不怕生长在云端的花儿凋谢，也不怕黎明新娘的歌声消失。当我离开这丘陵和山谷时，我的情侣坐在我的身边，同乘马车向海岸驶去。我启程之前，在贝鲁特度过三天，夫人与我形影相伴：我去何处，她去何处；我站在哪里，她站在哪里。我每会一位朋友，她必朝朋友微笑；我访问学堂，她必拉着我的手；我晚坐阳台静听城市里的声音，她必与我同观赏共思考。可是，当驳船将我与贝鲁特港口分开时，就在我登上轮船甲板的第一分钟里，我感到我的精神的天空风云突变，只觉一只无形而有力的手抓住了我的胳膊，随后听到一种深沉的声音在我耳边

低语：‘回去吧，回到你出发的地方去吧！下到驳船，趁轮船未开航，回你的祖国海岸去吧！’

“船起锚开航了。我虽双脚站在甲板上，却自感像一只小鸟，落入了盘飞在空中的一只鹞鹰的爪中。夜幕垂降，黎巴嫩的山峦被海上雾气遮掩。我发觉自己独立船头，而那位梦幻中的姑娘，我心爱的女子，伴随我的青春年华的夫人，没有在我身旁。每当我凝神注视着天空时，那位美貌少女的容颜便出现在我的眼前；每当我侧耳细听时，她的声音便回响在我的耳边；每当我把手伸向前方，便能触摸到她那纤细的手指……此时此刻，那位少女却站在另一条船的甲板上。第一次，这是第一次，我发觉自己独站船头，面对夜幕、大海和苍穹。

“我怀着这样的心情，在甲板上踱来踱去，内心呼唤着情侣，二目凝视着滚翻起伏的海浪，期望能在白色浪花里看到她的俊容。

“时已午夜，旅客们相继就寝，我独自留在原地，心中不胜凄然惆怅，忐忑不安，若有所失。我猛一回头，望见她站在雾中，离我仅有几步远。我不禁周身战栗，急忙伸过手去，同时高声呼喊道：‘你为什么离开我？为何让我独守孤单？你到哪儿去了？亲爱的，你在何方？来呀，走近我吧！从此再也不要离开我！’

“然而她并没有走近我，依旧呆站原地。顷刻，她的脸上绽现出悲凉、凄楚表情，其可怕程度为我平生所未见。她声音低沉而微弱：‘我来自汪洋深处，为的是看你一眼。我要返回汪洋深处。你睡去吧，愿你做个好梦！’

“话音未落，她的身影便与云雾融汇在一起了，转瞬不见踪影。

我以饥饿小儿的顽强，不住声地呼唤着她。我伸展双臂，轮番挥向四面八方，而我的双手所抓到的，却只有带着夜露的潮气。

“我走进船舱，心中波澜翻滚，煞是忐忑不安。在那艘船的船舱里，我是另外一条船，漂泊在绝望与迷茫的大海上。出奇的是，我的头刚一挨枕头，立即感到眼帘沉重无比。当我一觉醒来，已是天色大亮。在我深睡时，做了一个梦，梦见我的女友被钉在开满花的苹果树上，鲜红的血从她的双掌双脚一直流到树枝、枝干，然后淌在草地上，与散落的花瓣凝结在一起。

“船日夜航行在大海上。我身在船上，不晓得自己是个人，去远方执行一项任务，还是一个幽灵，徘徊于云雾弥漫的太空之中。我没有女友近在眼前的那种感觉；不论醒时还是睡时，也看不见她的面容。我祷告，我祈求，呼唤无形力量让我听到她的只言片语，或者看见她的身影，或让我感觉她的手指在抚摩我的前额，结果徒劳无益，一无所获。

“我在这种状态下度过十四天。第十五天的中午，意大利海岸远远出现在我的视野里。就在那天傍晚，船驶入威尼斯港。一些人驾着涂有五颜六色、绘有种种欢乐画图的小舟，将旅客及行李接入城里。

“朋友们，你们知道，威尼斯城坐落在几十个相邻的小岛上，街道就是河道，民宅与宫殿皆建在水上，船只取代了车辆。

“当我从轮船上下来，登上小舟之时，水手问我：‘先生，您去哪里？’

“我提及该城市市长的名字，水手用留神、敬重的目光看了看我，然后划桨击水。

“小船载我驶去，夜幕已经垂降，夜色笼罩了全城。宫殿、寺院、学堂的窗子里都亮起明灯，灯光映衬在水面上，随波微微颤动，河面闪闪放光，整个威尼斯城宛如诗人的梦境，景观处处，不似幻想，胜似幻想，实令异乡客心荡神驰。

“我乘坐的小船刚驶到第一道河的转弯处，便听到数不清的大钟发出的声音响彻夜空；钟声悲凄，此起彼伏，断断续续，令人哀伤，叫人恐惧。虽然我正处于昏迷状态，对外界情况失去感觉，然而那铜钟的响声却像钉子一样穿透了我的胸膛。

“小船停泊在石梯旁，拾级而上便到人行道。船家看了看我，指着坐落在一花园中央的公馆，说：‘就是这儿。’我下了船，漫步走向公馆，船家扛着我的行李跟行至公馆门口，我付了船费，打发走船家，然后敲了敲门。公馆的门开了，出现在我眼前的是一群仆人，一个个耷拉着脑袋，有的哭泣，有的哀号，有的低声长吁短叹。此情此景，令我惊愕不已，一时不知如何是好。

“过了一会儿，一中年仆人走上前来，只见他那目光拨开他那肿胀的眼帘，看了看我，叹着气问道：‘先生有什么事吗？’我回答：‘这不是市长的宅邸吗？’仆人点头称是。

“这时，我掏出黎巴嫩执政长官托我带的那封信，递给仆人。那仆人不声不响地看了看信封上的地址，然后缓步朝走廊尽头的一个房间走去。

“所有这一切，我没有去多想它。之后，我走到一女仆跟前，问她们为什么如此悲伤，她难过地说：‘多怪呀，难道你没听说市长大

人的千金今天去世了吗？’

“她再没往下说，随后用手捂住脸，哭了起来。

“朋友们，你们想一想一个漂洋过海的人的情况吧！他简直就像一种薄雾般的模模糊糊的念头，被宇宙巨人抛到盛怒的波涛与灰色的云雾之间。请诸位设身处地想一想，一个青年人，在绝望的哀号和大海的咆哮声中挣扎了两个星期，好不容易才到达目的地，却发现自己站在痛苦幽灵缓缓散步、亲人的哀鸣弥漫天空的一家门前。朋友们，你们想想，一个异乡人来一座公馆求援，公馆却被死神的翅膀遮盖得严严实实。

“给主人送信的仆人回来了。他躬身对我说：‘先生，请进吧！市长在恭候着您。’

“说完，仆人在前面引路，我随之行至走廊尽头一房门前，仆人示意我进门。我迈步进门，发现那是一个宽敞的大厅，只见厅内烛光通明，几位绅士、牧师模样的人坐在那里，一片寂静，鸦雀无声。我往里没走几步，便见从大厅中央站起一位白须长者；显而易见，忧伤已使其脊背驼弯，痛苦已令其表情失礼。他走到我跟前，说：‘你远道而来，却发现我正遭遇失去至亲之人的痛苦，实在使我感到难堪。不过，我希望我们的遭遇不影响你完成自己的使命。孩子，你只管放心就是了。’

“我谢过他的温情，并用一些欠贴切的字眼，对他的遭遇表示同情。

“老人把我领到他的座位旁边，让我坐下，我木然地与众宾客一道坐下来。我偷眼看了看他们那一张张忧伤的面孔，听着他们的低声叹息，心中有说不出的压抑与凄凉。一个时辰过后，宾客们相继离去，寂静的大厅里只剩下我和那位悲伤的老人。我站起来，对老人说：‘先生，请允许我告辞。’他立即阻止：‘不能，朋友！你不能走哇！若能忍受目睹我们的伤感之苦，又能听得下我们的沉痛呻吟，那就在我们这里做客吧！’他的话使我感到害羞，我当即点头表示同意。老人又说：‘你们黎巴嫩人最好客，你留下来，让我们招待你一下，哪怕远远比不上异乡客在你们国家所得到的热情款待。’

“片刻过后，老人敲了敲银铃，一衣着华美的侍仆应声而至。老人指着我对侍仆说：‘把我们这位贵客领到东厢房安歇，好好照料客人的吃喝，你要亲自招待客人，保证客人舒适。’

“侍仆把我领到一个宽敞房间，建筑精巧，陈设豪华，四壁挂着名画和丝织工艺品，房间当中放着一张堂皇大床，被褥齐备，枕头上绣着花。

“侍仆离去后，我一下瘫坐在椅子上，回忆着自己的处境，思考着自己孤独离乡远行，回想着自己在异国度过的第一个时辰。

“侍仆送来餐盘，上面吃的喝的一应俱全。我没有胃口，仅仅吃了一点儿，便让侍仆端走了。

“两个小时过去了，我时而在房间内来回踱步，望望天穹，听听大海的波涛声，间或有船桨击水的声音传来，直至我深感疲惫，我的思想在生活的外表现象与其内部隐秘之间被折腾得精疲力竭，方才平卧床上，进入昏睡状态；那状态既包含睡眠的酣醉，又混有苏醒的清明，记忆与遗忘在那里翻腾不止，醒悟似海水的涨潮和退潮，轮番袭扰岸边。我就是无声的战场，无声大军在那里搏斗对仗，死神将骑士摔倒在地，一个个无声无息死去。

“朋友们，我不知道自己在这种状态中逗留了多久。当时和现在我所知道的，就是我处于那种昏迷状态中时，感到有一个活人站在我的床边，同时觉得有一种力量在屋内空间里活动着。我还感到有一位仙女在呼唤我，只是没有声音；她在鼓动我，但看不到手势。我当即站起来，走出房间，来到走廊，似乎被一种不可抗拒的力量推动着，使我身不由己。我下意识地走着，如同梦游之人。我走在一个不用时空计算的世界里，一直行至走廊尽头，进入一个大厅，只见厅中央放着一张灵床，旁边有两颗烛星照明，四周簇拥着鲜花。我走上前去，跪在床边，仔细观看，出现在眼前的竟是我那位女友的面孔，看到我那位梦中女友的面容被死亡的面纱遮盖着。我看见了我爱得至深的那位女子。我看见她那僵直裹着纯白色殓衣的尸体静卧在素白鲜花丛中，笼罩她的是可怕的永恒寂静。

“神灵啊，主宰爱情、生命和死亡的神灵啊，是你创造了我们的灵魂，然后将之带到光明和黑暗中来。是你纯洁了我们的心，而后又使它带着希望和痛苦搏动。是你，又是你呀，让我看到我的女友那冰冷的躯体。是你把我从一块土地带到另一块土地，以便向我显示死亡对生命的希冀、悲痛对欢乐的期望。是你在我那孤独寂寞的荒沙中种下一株白色百合花，然后又把我带往一个遥远的山谷里，让我看见的是一株凋零、枯萎的死百合！

“是的，朋友们，你们正是我孤独寂寞、流落他乡时的伙伴。安拉有意让我饮下苦酒；此乃安拉意志，吾辈无可奈何。我们人类在广袤无边的宇宙里，只不过是屈从，别无选择。如果我们有缘相爱，但爱并非来自我们，也不属于我们。倘若我们高兴，同样欢乐既非来自我们，也不属于我们，而在于生命自身。假若我们感到痛苦，而痛苦亦非源自我们的伤口，而是源自整个大自然内部。

“我向你们讲述自己的故事，目的在于向你们诉苦；诉苦是对生活的怀疑。我是一名信徒，自信我从黑夜之杯里喝的每一口酒所混杂的苦汁都是有益的。我相信穿透我的胸膛的钉子是美的。我相信撕碎我的心包的铁手是慈悲的。

“这就是我的故事，本来无尾，又怎能讲完呢？我跪在我在梦中所爱的那位少女的灵床旁，凝目注视着她的面庞，直到黎明之手搭上玻璃窗。那时，我站起来，回到自己的房间，头枕人类的痛苦，屈身于永恒重担之下。

“三个星期之后，我离开威尼斯城，就像在时间的长河中度过了一千年的人那样回到了黎巴嫩；就像每个黎巴嫩人一样，从异乡流落，回到流落异乡。

“朋友们，请原谅，我讲得时间太长了，请原谅！”

七个阶段

我的灵魂忧伤过七次：第一次，是它试图通过贬低、抑制他人之路获得尊荣时；第二次，是它在瘫痪者面前一瘸一拐地走路时；第三次，是它在难与易之间进行选择时，它择易而弃难；第四次，是它做了错事时，却因为别人的错误幸灾乐祸；第五次，是它因软弱百般忍耐时，却把自己的忍耐视为强大；第六次，是它从生活的泥塘中拉出自己的衣角时；第七次，是它站在上帝面前唱歌时，把唱歌当成了它的一项美德。

灵魂告诫我

我的灵魂告诫我，教我爱人们所厌恶，与人们所憎恨的人真诚交往。我的灵魂向我说明，爱神不把优点置于爱方，而将之置于被爱的一方。灵魂告诫我之前，爱情在我这里是一条纤细的线，系在两个相近的木桩之间；置于现在，则已变成一个光环，首端即末端，末端即首端，环绕着一切生灵，慢慢扩展，未来的一切都将落入它的环抱中间。

我的灵魂告诫我，教我观看被形式、色彩和外表遮盖着的美，让我凝神注视被人们当作丑恶的东西，直至向我指出美妙之点。灵魂告诫我，我认为美就是跳动的火焰；烟柱消逝，除了燃烧的东西，我什么再也看不见。

我的灵魂告诫我，教我静听非舌头、非喉咙发出的声音。灵魂告诫我之前，我听厌了那种响声，传入耳际的只有嘈杂、呐喊，不禁耳倦神疲；至于现在，我却害怕安静，喜听人们哼现代之歌，高声赞颂云天，公布幽冥秘密。

我的灵魂告诫我，教我喝非挤出的、非倒入杯中的、非用手举起的、不沾双唇的饮料。灵魂告诫我之前，我的干渴是灰烬堆里一颗弱小的火星；那灰烬是用小溪之水或榨汁厂水槽里的水浇灭的。我的产物就是畅饮，我的孤独就是微醉。我喝不足，饮无尽。但是，在这永不熄灭的火中，蕴藏着永不消逝的欢乐。

我的灵魂告诫我，教我触摸尚未凝固、结晶的东西，让我明白感触到的东西是半合理的，我们抓到的正是我们希望的一部分。灵魂告诫我之前，如果我感到冷，便以热为满足；若感到热，则以冷为满足；若感到不冷不热，则满足于二者其一。至于现在，我那萎缩的触觉器官已经散落开来，变成了细细的云雾，穿过一切存在，以求与其中隐藏的东西化合在一起。

我的灵魂告诫我，教我吸收芳草不散发、火炉不播撒的东西。灵魂告诫我之前，假若我想闻香味，便去花园，或对香水瓶、香炉吸气。至于现在，我则去嗅不燃烧、不流动的东西。我让自己的胸中充满芬芳气味；那香气未曾经过世上任何乐园，也非天上惠风所带来。

我的灵魂告诫我，教我在无名氏和险情呼唤我时回答："我在这儿！"灵魂告诫我之前，只有听见熟人的喊声，我才站起来；只有熟路，或者自以为好走的路，我才走之。至于现在，我熟识的人变成了牲口，我骑之走向无名地；平原变成了阶梯地，我拾级攀爬，以便接近险情。

我的灵魂告诫我，教我不要用我习惯说的"昨天、明天"衡量时间。灵魂告诫我之前，我想象着过去一去不复返，未来无法到达。至于现在，我则已经懂得：一切时间都在眼前这瞬间之中，包含着岁月期望成就和实现的一切。

我的灵魂告诫我，教我不要用我的习惯用语"这儿、那儿，那里"划定地方。灵魂告诫我之前，我到地球的某个地方时，便以为自己已远离另一个地方。至于现在，我则已经明白：我所到之地，就是所有地方；我所占空间，就是全部距离。

我的灵魂告诫我，教我在本区居民安睡时守夜打更；等他们醒来时，我才入睡。灵魂告诫我之前，我睡觉时看不见他们的梦，他们不留心也看不到我的梦。至于现在，我则不会遨游梦乡，除非他们监视着我；他们也不会在梦空翱翔，除非我为他们获得解放而欢呼。

我的灵魂告诫我，教我不要因听见颂扬而高兴，也不要因听到责备而忧伤。灵魂告诫我之前，我总是怀疑我的工作的价值及品位，致使时光派人前来褒奖或贬低之。至于现在，我则已经明白：树木春来开花，夏季结实，从不求赞颂；秋来落叶，冬令枝条光秃，却不惧贬词。

我的灵魂告诫我，教我认定自己不比贫民高贵，不比暴君低贱。灵魂告诫我之前，我认为人无非分为两种：其一是弱者，我同情之，或蔑视之；其二是强者，我跟随之，或背叛之。至于现在，我则已经明白：人类由群体构成，群体由一个一个的人构成，我是他们当中的一员，我的成分就是他们的成分，我的天良就是他们的天良，我的特征就是他们的特征，我的道路就是他们的道路。他们犯罪，我是罪犯；他们行善，我感自豪；他们站起来，我随之站起；他们退隐，我随之隐退。

我的灵魂告诫我，教我明白：我手里提的灯并不属于我；我唱的歌，并非成于我的脏腑。我即使借光明引路，我也不是光明；我，即使我成了上了弦的四弦琴，我也不是四弦琴。

我的灵魂告诫我，我的兄弟，教我明白了许多道理。我的兄弟，你的灵魂告诫我，你也懂了许多。你与我，彼此彼此，相近相似。我俩之间的差别，不过是我谈的都是自己的事，话里有股忍劲儿；而你，则深藏不露，守口如瓶，包含着一种形式的美德。

各自心中的黎巴嫩

你们有你们的黎巴嫩；我有我的黎巴嫩。

你们有你们的黎巴嫩及其疑难问题；我有我的黎巴嫩及其壮观绮丽。

你们有你们的黎巴嫩，包括其目标、志向；我有我的黎巴嫩及其梦想和愿望。

你们有你们的黎巴嫩，请你们喜欢它吧！我有我的黎巴嫩，我只满足于它净洁无瑕。

你们的黎巴嫩是个政治结扣，时光老人试图解开；我的黎巴嫩是座高山，嵯峨雄壮，直插云天。

你们的黎巴嫩是国际难题，黑夜之神将之掷东抛西；我的黎巴嫩是幽静河谷，在铃声溪歌中翩跹起舞。

你们的黎巴嫩是角逐场，西来一群，南到一帮，争斗不息。我的黎巴嫩是祈祷声，清晨，它排翅鼓翼，送牧人、羊群奔往草地；晚上，当农民从田野、果园归来时，它高高飞起。

你们的黎巴嫩是首脑聚集的政府；我的黎巴嫩是威严而又和善的大山，犹如不朽诗人，端坐大海与平原之间。

你们的黎巴嫩是狐狸遇到狼群中的鬣狗时使用的诡计；我的黎巴嫩是难忘的记忆，可使月下姑娘们和谷场、奶厂的小伙子们的歌声重新回荡在我的耳际。

你们的黎巴嫩是宗教头领、军事将帅手下的棋盘；我的黎巴嫩是座庙宇，当我看厌了眼前的文明时，便带着灵魂躲进那里。

你们的黎巴嫩是两个人，一个抓钎，一个打钎；我的黎巴嫩是一个人，依着手臂，站在杉树荫下，他只与上帝和阳光共处同欢。

你们的黎巴嫩是港口、邮政和贸易；我的黎巴嫩是远大理想、炽热情谊、大地与太阳的悄声细语。

你们的黎巴嫩是职员、工人、经理；我的黎巴嫩则是青年的好胜、壮年的意志、老年的智力。

你们的黎巴嫩是代表团、委员会；我的黎巴嫩则是风雪弥漫之夜里火炉周围的座位。

你们的黎巴嫩是集团、政党；我的黎巴嫩是活泼少年，勇攀山石，敢与溪流竞走，将木球掷向广场。

你们的黎巴嫩是报告、讨论、演讲；我的黎巴嫩是鸱鸟鸣唱，是白杨、冬青槲枝条沙沙作响，是岩窟、洞穴中芦笛的回荡。

你们的黎巴嫩是虚伪面纱掩盖下的欺骗，是效仿、做作外套中的沽名钓誉；我的黎巴嫩则是朴素无华的事实，临水池边，可以照见自己安详舒展的面容。

你们的黎巴嫩是纸上的法律、条款，是卷中的合同、协定；我的黎巴嫩是生活秘密中的本能，而其本身并不知道，是苏醒时试图探索幽冥世界的一种渴望，而自己却还在梦中。

你们的黎巴嫩是位老翁，捋着胡须，一筹莫展，只想自己；我的黎巴嫩是个青年，站似高塔，笑若黎明，知己知彼。

你们的黎巴嫩与叙利亚时合时分，双方既想联合又想分离；我的黎巴嫩，则不合、不分、不卑、不亢。

你们有你们的黎巴嫩，我有我的黎巴嫩。

你们有你们的黎巴嫩及其子嗣，我有我的黎巴嫩及其儿女。

天啊，谁是你们的黎巴嫩的子嗣？

何不去看看他们的真实情况呢？

他们的灵魂诞生在西方人的医院里。

他们的智慧蒙自那些佯装慷慨豪爽、实则贪得无厌的人的怀抱之中。

他们是柔弱的枝条，左右摇摆，毫无目标；他们早晚战栗，而自己却全然不知。

他们是浪涛上的船只，既无舵，也无帆；犹豫、彷徨是它的船长；妖魔栖宿的洞穴是它的归港——难道说欧洲的每个国家不全是魑魅魍魉的洞窟吗？

他们个个口齿伶俐、能言善辩，可惜全都是门里的强汉；在欧洲人面前，人人瞠目结舌、哑口无言。

他们是热情洋溢的自由革新家，可惜只限于报纸、讲台；在西方人面前，他们都是些被人牵动的倒退派。

他们青蛙似的鼓噪说："我们已经摆脱了凶残顽敌！"其实，他们的敌人依旧隐蔽在他们的肌体里。

他们走在殡葬行列前，跳舞吹笛；遇上迎新队伍，他们的乐声转为号丧，舞蹈变成捶胸撕衣的乱动。

他们不知何为饥馑，除非身遭灾荒；他们遇上精神饥饿的人，反倒取笑，弃而远之说："这不过是永恒世界里的幻想。"

他们是奴隶，时光老人取下他们手脚上生了锈的镣铐，换上光芒璀璨的枷锁，而他们便以为自己成了绝对自由人。

这就是你们的黎巴嫩的子嗣。难道他们能代表黎巴嫩的坚硬岩石、高耸山峰、甘甜河水、芳馨惠风？有谁敢说“我死之时，我的祖国定比我生时的景象好了寸分”？有谁敢说“我的生命是黎巴嫩脉管里的一滴血，或是眼眶里的一滴泪，或是唇边上的一丝笑意”？

这就是你们的黎巴嫩的子嗣。他们在你们眼里多么伟大，而在我的眼里又是何等渺小！

请停片刻，看看我的黎巴嫩的儿女。

他们是农夫，穿过崎岖小路，走向花园、苗圃。

他们是牧人，赶着羊群，从一个山谷来到另一个山谷，羊儿渐大，羊数增多，供他们以肉为食，给他们以毛做衣。

他们是葡萄园丁，榨葡萄以酿纯酒，凝醇酒以制糖蜜。

他们是父亲，辛勤培植桑园；他们是母亲，巧手织出绸缎。

他们是男子，收割谷物；他们是妻子，拣拾柴火。

他们是泥瓦匠、陶瓷工、编织工、钟表匠。

他们是诗人，将自己的灵魂斟入新杯；他们是天才诗人，朗诵着责备诗、打油诗和抑扬格诗。

他们离开黎巴嫩时，心中仅仅怀着激情，手上力量无限；他们返回祖国时，个个肩荷大地珍宝，人人头戴荣誉桂冠。

他们所到之处，无不战胜周围环境；他们所在之地，必定团结所有众生。

他们生于贫寒茅舍，死在科学宫殿；他们是风打不灭的灯，时令摧不毁的盐。

他们迈着坚定步伐走向真理，步入完美境地。

一百年之后，你们的黎巴嫩及其子嗣会怎样呢？请告诉我——难道你们只为将来留下诉讼案件、花言巧语、呆钝愚昧？难道你们以为时光老人只在自己的记忆中留下欺诈、哄骗和谄媚？

难道你们认为上苍只在自己的口袋里贮藏死人身影、墓穴灵魂？你们猜想生命会以褴褛遮掩它那裸露的躯壳？我告诉你们，事实终将证明我的论断：农夫在黎巴嫩山脚下栽的橄榄树，比你们的全部业绩久存永恒；牛犊在黎巴嫩田里拉的木犁，比你们的所有希冀光辉高贵。我告诉你们，所有的良知请听我讲：黎巴嫩高原菜园里的歌声，比你们任何啰唆的琐碎话语长命高寿。我告诉你们，你们是微不足道的。倘若你们知道微不足道，那么，我对你们的嘲笑方式会和善一些，慈悲一些；但是，你们不知道自己卑微。

你们有你们的黎巴嫩，我有我的黎巴嫩。

你们有你们的黎巴嫩及其子嗣。假如你们能满足于空泡沫，那就请你们知足吧！至于我，我对我的黎巴嫩及其儿女，不仅心满意足，而且心中充满甜蜜、安详和宽舒。

大地

大地被迫从地球中冲了出来。

大地在地球上昂首阔步，得意忘形。

大地从地球上取材建造宫殿、宝塔和庙宇。

大地在地球上撰写神话、创造学说、制定法律。

大地厌烦了地球的作为，便取来地球的光环编织幻影、幻想和欢梦。

大地的困倦合上地球的眼帘，于是地球进入了安谧、深沉、永久的梦境。

大地呼唤地球说："我是子宫，我是坟茔。我永远是子宫和坟茔，直至星辰消隐，太阳化成灰烬。"

昨天·今天·明天

我对我的朋友说：“你看，她靠在他的手臂上；昨天，她还靠在我手臂上呢。”

朋友说：“明天，她就靠在我的手臂上了。”

我说：“你看，她依偎在他的身旁；而昨天，她还依偎着我坐呢。”

朋友说：“明天，她将坐在我的身旁了。”

我说：“你看哪，她正喝他杯中的酒；而昨天，她还和我同杯共饮呢。”

朋友说：“明天，她就会同我共饮一杯酒了。”

我说：“你看，她含情脉脉地注视着他；昨天，她也是这样凝视着我。”

朋友说：“明天，她也将这样望着我。”

我说：“瞧呀，她正在他的耳边低吟情歌；昨天，她还在对着我的耳朵说悄悄话。”

朋友说：“她就要对我唱情歌了。”

我说：“瞧啊，她在拥抱他；昨天，她还在拥抱我。”

朋友说：“明天，她就要拥抱我了。”

我说：“一个多么奇怪的女人！”

朋友说：“她像生命，人人可以占有；她像死神，要征服所有的人；她像永恒世界，将接纳所有生灵。”

完美

兄弟，你问我：人，何时才能完美无缺？

请听我回答：

当人渐臻完美之时，会感到自己是浩无边垠的苍穹，是横无际涯的海洋，是盛燃不衰的烈火，是璀璨耀目的光焰，是间或狂作、间或静默的风暴，是时而电闪雷鸣、时而大雨滂沱的乌云，是欢歌笑吟或悲泣哀号的流水，是春来繁花似锦、秋至枝叶凋零的万木，是耸入云霄的山峦，是深邃低沉的峡谷，是有时肥沃丰饶、有时荒芜贫瘠的大地。

当人感到这一切之时，也便达到了通往完美之路的中途。要想达到完美境界，那么他还应该在内省之时自感是依恋母亲的孩童，是责及后嗣的长者，是彷徨于愿望与爱情之间的青年，是奋战过去、苦挣未来的壮年，是独蹲禅房的隐士，是身陷囹圄的罪犯，是埋头书稿的学者，是不辨昼夜的愚夫，是宿身于信仰鲜花与孤独芒刺之间的修女，是挣扎在软弱獠牙与饥馑利爪之间的娼妓，是饱尝苦涩、逆来顺受的穷汉，是利欲熏心、谦恭下士的富翁，是漫游在晚霞烟雾和黎明之中的诗人。

当人经历并且熟悉了这一切的时候，也便达到了完美境地，与上帝形影不离。

独立与红毡帽

不久前，我读到一位文学家的一篇文章，作者在文中谴责、抗议一艘法国轮船上的船长和船员。文学家乘船由叙利亚去埃及，船上人强迫或试图迫使他坐在餐桌旁时摘下红毡帽。我们都知道，进屋脱帽是西方人的惯例。

这种谴责使我惊愕。因为这向我表明：东方人死抱其生活的特殊象征。

那位叙利亚人的勇气使我钦佩，简直就像一次我钦佩一位印度王子。我记得，当时我在意大利的米兰，邀请那位印度王子出席一场歌剧晚会。王子对我说："假若你约我去参观但丁的地狱，我会高高兴兴地与你同往。可是，我却不能坐在一个禁止我缠着头巾和抽卷烟的地方。"

是的，使我感到吃惊的是东方人抱着自己的某些东西不放，哪怕是他的民族习惯的阴影。

但是，我的这种惊奇不会，也不可能抹掉其后面的坚持东方个性、东方风格和东方妄言的粗糙而稳固的事实。

假若那位连在一条欧洲船上摘下红毡帽都感到为难的文学家想到那顶尊贵的红毡帽是欧洲某个工厂制造的话，那么，对于他来说，在任何一条欧洲船上的任何位置摘掉它，也就十分便当了。

假若我们这位文学家考虑到个人的独立是小事，而技术独立和工业独立是两件大事的话，那么，他会不声不响，顺顺当当地摘下自己头上的红毡帽。

假若我们这位朋友想到一个灵魂和精神被奴役的民族是不能以其衣着和习惯而成为自由民族的话……

假若想到那些，他也就不会写文章表示抗议了。

假若我们的文学家想到自己的叙利亚先辈曾乘叙利亚船、穿着叙利亚人纺织并缝纫的衣服去埃及的话，我们这位自由英雄也就不会非本国织造衣物不穿、非本国船长和船员驾驶的船不坐了。

我们这位勇敢的文学家反对这种结局是正确的，但未弄明其根本原因，仅仅看到了表面现象，没有抓住问题实质。这就是东方人的最大难题。虽然他们常因举出西方人惯于留意区区小事的例子而自鸣得意，然而他们拒绝成为不抓小事的东方人。

我要对我们这位文学家说，我要对所有戴红毡帽的人说："你们为什么不亲自动手缝制自己戴的红毡帽，然后再决定在船上，或山顶上，或山谷里，如何摆置你们的红毡帽呢？！"

将红毡帽摘下，还是戴在头上，苍天知道这句话并没有写在红毡帽上，也没有写在屋顶或天河上。但是，苍天却知道它被书写在比每顶红毡帽更遥远的东西上，写在了每个人的头顶上，写在了每具颤抖的尸体上。

致大地

大地啊，你多么壮美，多么华贵！

你对光明俯首帖耳，你对太阳恭顺敬佩！

披上阴影时，你的风姿何其温文尔雅；戴起面纱时，你的容颜何其清秀妩媚！

你清晨的歌声多么甜润！你夜晚的呼唤多么可畏！

大地啊，你多么高尚，多么完美！

我漫步在你的平原上，登上你的高山顶，来到你的河谷旁，攀缘你的岩石群，走进你的山洞里。我明白了：你的梦想在平原，你的威严在高山，你的宁静在幽谷，你的坚强在岩石，你的秘密在洞间。

大地啊，平原的力量使你广阔无垠，崇山的谦逊使你魁伟高大，河谷之深使你低洼，岩石之坚使你显得文雅，洞穴秘密使你光明正大。

我航行过你的大海，我跋涉过你的河流，我探访过你的小溪。我听到永恒之神伴随着你的潮汐谈笑；我听到时光女神在高原上、丘陵间歌吟欢叫；我听见司命之神在曲径和斜坡上与生灵论道。

大地啊，你是永生之神的唇舌，你是时光女神的手指和琴弦，你是死命之神的熟悉与宣言。

你的春天把我唤醒，带着我漫步在你的林海之中；在那里，你呼出的气化为蒸气，袅袅上升。你的夏令呼唤我，让我坐在你的田野上；在那里，你的辛苦结出累累硕果，满目琳琅。你的秋天呼唤我，我来到你的葡萄园；在那里，你的血已经化成了玉液琼浆。你的冬季呼唤我，带我来到你的床前；在那里，你的圣洁已经凝成了纯白的雪片。

大地啊，你的春天浓郁芳香，你的夏令慷慨大方，你的金秋丰饶富足，你的冬令洁白无双。

晴朗的夜晚，我打开心灵的门窗，戴着贪欲的镣铐和自私的枷锁，来到你的身旁，见你正凝视夜空，又见繁星对你微笑闪光。我解下镣铐，打碎枷锁，方才懂得：灵魂之家就在你的天空，灵魂的愿望寓于你的愿望里，灵魂的平安寓于你的平安里，灵魂的幸福寓于星辰撒在你身上的金色尘埃中。

乌云密布的夜晚，我厌烦了寂寞与孤单，来到你的身旁，但见你强大无比，周身用风暴武装，正用今战胜夕，以新压倒旧，令强征服弱。我明白了：人类的规则就是你的规则，人类的制度就是你的制度，人类的法律就是你的法律。谁不用自己刮起的风暴摧毁自己的枯枝，必将萎靡不振；谁不用自己的力量扯下自己的腐叶，必定日益衰亡；谁不把自己过去的功绩遗忘，必然不能创新。

大地啊，你多么慷慨，多么宽厚！

你对那些逃避现实、陷入幻想的儿女何等怜悯。纵然他们身落泥潭，不能自救。

我们喧嚷，你却欢笑！

我们犯罪，你却宽饶！

我们渎神，你却助兴！

我们赎罪，你却念经！

我们虽已睡熟，但不能入梦；而你，在永恒苏醒中，居然梦幻联翩！

我们用剑和矛伤害你的体肤；而你，却用油脂、药膏将我们的伤口治愈！

我们在你的庭院里种骨头和骷髅；而你，却在那里栽白杨和垂柳！

我们用你来掩埋腐尸朽骨；而你，却让我们的打谷场上堆满柴草，令我们的酒厂满贮葡萄！

我们用血迹污染了你的尊容；而你，却用多福河之水为我们擦洗面孔！

我们用你的宝剑制造大炮和炸弹；而你，却用我们丢弃的垃圾培养玫瑰和水仙！

大地啊，你的胸怀多么宽广，你的情操多么高尚！

大地啊，你究竟是物，还是人？

莫非你是一粒灰尘，当上帝从宇宙的东方走向西方时，你飞离了他的脚下？或者你是一颗火星，来自永不熄灭的火堆？

莫非你是一颗果核，被埋入苍穹沃土中，果仁冲破硬壳，长成上帝的标志？

你究竟是大力神血管里的一滴血，还是其额上的一颗汗珠？

你究竟是太阳神缓慢舞动着的一颗果子，还是根扎永恒世界地底、枝插永恒世界天空的知善恶树[1]上的一颗果子呢？莫非你是一块

---

[1] 知善恶树，《圣经》故事中伊甸园内的一棵树。人吃了该树上的果子，“眼明心亮”，同上帝一样，“能知善恶”。

宝玉，时光之神将你放在了空间女神的怀抱之中？

你是宇宙怀中的女婴，还是监视日夜、博通事理的老婆婆？

大地啊，你究竟是物，还是人？

大地啊，你就是我！你是我的眼力和见识！你是我的智慧、幻想和梦思！你是我的饥与渴，你是我的苦与乐！

你是我眼中的纯美，你是我心中的思念，你是我魂中的永恒！

大地啊，你就是我；如果没有我，也就没有你！

更大的海洋

昨天——昨天是多么遥远，又是多么近啊——我和我的灵魂到大海去洗澡。一到岸边，便寻找遮挡眼目之地。

我们正走着，见一男子坐在一块灰色岩石上，手拎一只口袋，正从里面一把一把地抓盐，将之撒入大海。

我的灵魂对我说："这是位悲观者，在他眼里，生活只见阴影。让我们离开此处，因为我们不能在他面前洗澡。"

我们离开那里，来到岸边的一个小海湾，但见男子站在一块白岩石上，手里拿着一只镶嵌着珠宝的匣子，正从中取出糖块，抛向海里。

我的灵魂对我说："这是个乐观者，他本无喜事，却自欢喜。他不应该看见我俩赤身裸体。"

我们继续朝前走，来到近处岸边，见一男子正拣起一条条死鱼，怜悯备至地放回大海。

我的灵魂对我说："这是位心地慈善者，他试图让墓中之人起死回生。让我们远离他去。"

我们走过他，来到另一个地方，看见一男子正在水上勾勒自己的影子，波浪扑来，抹去线条，他一次又一次勾描。

我的灵魂对我说："这是位神秘主义者，正用幻想树立自己崇拜的偶像。让我们离开他吧！"

我们丢下他，来到一个小海湾，见一男子正用勺子舀水面上的泡沫，将之倒入玛瑙杯里。

我的灵魂对我说："这是位空想家，正用蛛丝编织自己穿的外衣。他不配看见我俩的赤身裸体。"

我们朝前走了几步，忽听有人说："这就是海！这就是深海！这就是浩瀚的大海！"我们寻觅声源，却见一个人背朝大海坐着，耳朵上放着犄角似的贝壳，聚精会神听它发出的回声。

我的灵魂对我说："我们走吧！这是位昏庸老朽，懦弱无能，背朝自己无力把握的整体，一心倾注在自己所喜欢的局部。"

我们离开他，来到另一个地方，见乱石中夹着一个人，头却埋在沙里。我对我的灵魂说："来，我们就在这里沐浴吧！因为这个人看不见我们。"

我的灵魂摇了摇头，说："不，一千个不！你看到的这个人是最坏的人。他是个恶劣的叛教徒，故意不让自己面对生活悲剧，而生活也不让他的心领略欢乐喜剧。"

这时，我的灵魂面露忧伤苦闷表情，用被悲哀打断的声音说："我们走吧，让我们离开这海岸吧！因为这里没有一个隐蔽安全之地供我们洗澡更衣，我不愿意让这风戏动我的金发，也不愿让这里的空气看见我白嫩细腻的胸脯，更不乐意让这里的光暴露我圣洁的裸体。"

此时，我们离开了那里，去寻找更大的海洋。

史上无此年

在那一时刻，柳树后闪出一位少女，拖着长长的白纱衣，走过草地，在已熟睡的少年身旁停下来。她伸出她那光滑如丝的柔软的手，抚摩着少年的头。少年睁开阳光唤醒的蒙眬睡眼，望了望少女，发现自己面对的竟然是位公主，于是双膝跪地，俨如穆萨看见丛林燃烧时的情景。少年想说话，却禁不住周身战栗，顷刻间泪水模糊了双眼，滴滴泪珠替代了开口发言。

少女拥抱少年，亲吻少年双唇，又吻他那热泪盈眶的双眼，继而用比笛声还要柔和的声音对少年说：

“亲爱的，我曾在梦中见到你，曾在孤独与寂寞中看到你的容颜。你就是我的心灵失去的伴侣，你就是我被差到这个世界上时，从我那美丽身躯分离出去的那一半。亲爱的，我高高兴兴地来与你相会，你已在我的怀抱之中，千万不要伤感。我抛掉父王的荣华富贵，正是为了伴你到天涯海角，与你共饮生死的苦辣酸甜。

“亲爱的，请你站起来，让我们同往远离人间的荒原。”

情侣走向丛林，夜幕遮掩了恋人的身影。君王的暴虐与黑暗之魔鬼对这双情人再也无可奈何。

伊本·西那及其长诗

在古人的诗作中，没有比伊本·西那的《咏魂》长诗更接近我的信仰和我的心理爱好的作品了。

“领导长老”[1]把最能诱惑人的东西，把与人的想象力形影不分的、由知识产生的最深刻的愿望带来的若干问题，以及只有经过连续考虑和长期观察才能总结出来的理论，都集中在这首超绝的长诗中。

伊本·西那作为当时的天才，这首长诗自他的意识中产生出来，那是不足为怪的。但是，一个毕生钻研人体秘密和第一物质特征的人，竟有此种表现，那是足以令人称奇叫绝的。在我看来，这位“领导长老”已经通过物质道路，晓得了精神的奥秘；通过可以看见的东西，弄清了可以理解的东西的结构。他这首长诗的诞生，清清楚楚证明了是智力的生命；知识带着自己的主人由实际经验渐渐走向唯理论，继而走向精神感情和上帝。

也许读者会在西方大诗人的作品中看到某些段落而想起这首长诗。在莎士比亚的不朽作品中，有的意思无异于伊本·西那诗中的语句：

---

[1] 阿拉伯人尊称伊本·西那为科学的“领导长老”，还称他为“第二教师”，因为他们称亚里士多德为“第一教师”。

她不高兴地来到了你这里，
她伤心也许不忍与你分离。

席勒有类似的诗句：

盖子已经揭开，她吟着诗，
看到了睡眼看不到的东西。

歌德也有相近似的诗句：

她回来晓得了世间一切隐秘，
然而她的破衣没有缝补。

布朗亦有相似的诗句：

她像闪电，以高热放光，
而后卷起，似没有闪亮。

但“领导长老”比这些诗人早几个世纪。他把在不同时间以断续形式降到不同思想上的东西集聚在一首诗中，这使他成为他的时代及其后若干时代的天才，使他的这首《咏魂》长诗成为他在最优秀、最深远的题目中的最深刻、最优秀的作品。

安萨里

安萨里与圣徒奥古斯丁之间有着心理上的联系，虽然二者所处的时间与学说、社会环境各异，但却是一种学说的两种彼此相似的外貌。那种学说则是精神上的一种实实在在的倾向，它将主人一步步由可见世界及其现象引向形而上学、哲学和神学。

安萨里离群索居，抛开世间荣华、尊位，独自苦苦修行，深入探究将科学之尾与宗教之首连接在一起的那些细线，精心观察那个隐形的容器；就在那个容器中，人们的知识、经验与人们的情感、梦想混合在一起。

奥古斯丁就是这样做的，先于安萨里五个世纪。读过他的《忏悔录》的人，都知道他把地球及地上万物作为向最高存在核心攀登的云梯。

不过，我发现安萨里比奥古斯丁更接近于事物的本质和秘密。原因在于二者的继承之间存在着差别，即安萨里继承了先进的阿拉伯—希腊科学理论，而奥古斯丁所继承的则是公元二三世纪教士们的神学知识。我所说的继承，是指随着日月的推移，事情由一种思想转向另一种思想，就像身体上的某些特点，从一个时代带到另一个时代，总是与人的外观形影相随。

我发现安萨里自有一种东西，使他成为连接他之前的印度苏菲派和其后的神学家的一个金环。过去佛教思想所达到的境界中有安萨里所倾向的东西，斯宾诺莎和威廉·布莱克[1]的著作里含有安萨里的情感。

安萨里在西方的东方学者心目中享有很高地位，他们把安萨里与伊本·西那、伊本·路西德并列为东方一流哲学家。他们当中的神性论学家则把安萨里看作出现在伊斯兰中最尊贵的思想家。出奇的是，我在佛罗伦萨（意大利）一座十五世纪建造的教堂的墙壁上看到安萨里的画像与若干哲学家、使徒和神学家的画像挂在一起。中世纪教堂里的主教们把画像上的那些人物当作绝对精神殿堂的顶梁巨柱。

更为出奇的是，西方人对安萨里的了解竟比东方人多。西方人翻译他的著作，研究他的学说，仔细探索他的哲学倾向和苏菲派思想，而我们，我们这些仍然用阿拉伯语说话和写作的人，竟然很少有人提及或谈起安萨里。我们依旧忙于拾贝壳，仿佛贝壳就是生活大海向日夜岸边送来的一切。

[1] 威廉·布莱克（1757—1827），英国诗人、画家。

乔治·泽丹

泽丹已经仙逝。泽丹的死与他的生一样伟大，和他的作品一样灿烂。

那崇高的思想长眠了。现在，静寂女神正在它的陵寝周围盘旋，示意庄重严肃，祛除痛苦啼哭。

那美好灵魂悄然离去，走向我们可感而不可即的世界。它的离去给活着的人们以启示：务必紧紧把握日夜。

那高贵的实体已从工作的劳累与艰辛中解放出来，裹着劳动荣誉的披风，走向工作超越劳累与艰辛的地方。泽丹已到眼看不见、耳听不到的地方去了——可是，既然泽丹已经登上畅游在无边大海中的车子，那么，他现在正忙于有益于那里的居民的事，埋头收集资料，惊叹历史奇妙，倾心钻研语言。

这就是泽丹——慷慨激昂的思想，唯投入工作方才惬意；如饥似渴的灵魂，只肯居于醒者肩头；宏大宽广的心胸，洋溢着慈悲与热忱之情。既然那种思想仍然以公众意识存在为存在，那么，它现在正与公众意识一道忙碌。既然那颗灵魂以知己朋友存在为存在，那么，它现在正和着上帝的火焰燃烧。

这就是泽丹的生活——一道从存在涌泻出来的甘泉，继而化为一条水流清澈见底的河，灌溉着谷地两侧的庄稼和树木。

看哪，河水已经流到海岸边，有哪位食客敢于哭或哀悼它呢？

或许泣泪和哀号与站在生命宝座前的那些人大不相宜？莫非那些人还没来得及往生命滴洒安静额上的一滴汗或心中的一滴血便匆忙离去？

整整三十个年头，泽丹不是在融化自己的心、蒸馏自己的额头吗？我们当中谁不曾从那清澈的河水中汲取甘甜的水呢？！

那么，谁想款待泽丹，就请向着他的灵魂高唱一首谢恩之歌，凭以替代悲痛的号丧吧！

谁想纪念泽丹，就请从泽丹集撰的知识宝库中取出自己那一份东西，作为遗产留给阿拉伯世界。

不要给伟大的人物什么，只管从伟人那里取拿，这就是对伟人的敬重。

无须给予泽丹以哭声与吊唁，只管从他那里拿取才智与赠礼，借此使他永远活在人间。

阿拉伯语的前途

一

阿拉伯语的前途如何?

语言是整个民族或其总的民族性的创造现象的一种。如果创造力平息了，语言也便停下前进的脚步。停步中包含着后退，后退里包含着死亡和消逝。

那么，阿拉伯语的前途取决于操阿拉伯语的所有国家中存在的——或不存在的——创造思想的前途。如果那种思想存在，那么，阿拉伯语的前途就像其过去一样光明远大；假若那种思想不存在，那么，阿拉伯语的前途就像其姊妹古叙利亚语、希伯来语的今天。

何为我们称谓的创造力?

一个民族的创造力，就是前进的原动决心。创造力就是民族心中的饥和渴以及对未知一切的向往，是精神中一系列日夜渴望实现的梦想，但并非实现一端上的一个环，而是在另一端为生活增加新的一环。创造力于个人是聪明才智，于集体是热情火力；个人的聪明才智就是将集体的无形倾向化为可以触摸到的东西的能力。蒙昧时期[1]，诗

[1] 蒙昧时期，阿拉伯历史学家对伊斯兰教前的历史时期的指称，亦译为“野蛮时代”。

人在成长壮大，因为当时阿拉伯人处于成长壮大情况下。古典文学时代，诗人开始分支，因为当时伊斯兰国家处于分支情况下。诗人起步、上升、变化，时而是哲学家，时而成医生，时而当天文学家，直至困神骚扰阿拉伯语中的创造力，于是进入梦乡。在睡梦里，诗人变成作诗者，哲学家变成演说家，医生变成算命先生，天文学家变成了占卜师。

如果上面的说法正确，阿拉伯语的前景将要看操阿拉伯语的所有国家的创造力。如果那些国家独具民族性或精神上团结一致，那种民族性的创造力经过久眠之后已经醒过来，那么，阿拉伯语的前途像过去一样光明远大；如若不然，情况则相反。

二

欧洲文明和西方精神会对阿拉伯语产生什么影响呢？

影响是一种形式的食粮，语言从外面将之取来吃到嘴里，经过咀嚼咽下去，有益的东西化为语言的活的成分，就像一棵树那样，将阳光、空气和土的成分化为枝叶和花果。但是，如果语言没有臼齿咀嚼，没有胃进行消化，那么，食物将白白地走去，相反还会变成致命的毒药呢。多少树木试图在阴影下生存，一旦移到太阳光下，便会凋谢死亡。有道是：有者因受赠而发财，无者因付出而更加贫困。

西方精神是人类的一个角色，是人类生活里的一个篇章。人类生活是一巨大队列，经常向前迈进。语言、政府和信念都是由飞扬在道路两侧的金色尘埃组成的。走在这个队列前头的民族是创造者；

创造者是影响者。走在队列后头的民族是模仿者；模仿者是受影响者。当东方人走在前面，西方人跟在后头时，我们的文明对他们的语言产生过巨大影响。而现在呢，他们走在前面，我们变成了跟随者，自然他们的文明要对我们的语言、思想和道德有巨大影响。

不过，过去西方人吃我们烹饪的东西，经咀嚼咽入肚子，将有用的东西化为西方存在中的活的成分。而现在，东方人则吃西方人的烹饪品，倒是咽到肚子里去了，但变不成他们自己实体中的活的成分，却成了半西方的东西。这就是我所惧怕和感到烦恼的。因为这向我表明，西方时而像个臼齿已经脱落的老翁，时而又像个没长臼齿的婴孩！

西方人精神是我们的朋友，又是我们的敌人。如果我们能够制服它，它就是我们的朋友；如果我们被它制服，它就是我们的敌人。如果我们向它敞开我们的心，它是我们的朋友；如果我们把心交给它，它就变成了我们的敌人。如果我们从它那里得到适合于我们的东西，它就是我们的朋友；如果我们把我们的灵魂置于它的状态中，它就是我们的敌人。

三

阿拉伯国家当前政治发展会产生什么影响？

西方和东方的作家、思想家一致认为，阿拉伯国家处于政治、行政和心理上的混乱状态中。多数人认定这种混乱将导致破坏与消亡。至于我，则要问："这是混乱，还是萎靡不振？"

假若是萎靡不振，那么，这种萎靡是每个民族的终点、每国人民的结局——萎靡就是困倦式的临终、睡眠式的死亡。

假若真的是混乱，那么，混乱是合法的，倒常是有益的。因它表现的是隐藏在民族精神中的东西，以醒代替微醉，以苏醒代替昏迷，如同暴风决意动摇树木，并非为了将树连根拔起，而是要刮掉它的枯枝，扫去它的黄叶。假若在一个仍然处于一些原始状态的民族中出现混乱的话，那么，这清楚地表明这个民族的个人身上存在创造力，整个民族在做准备。薄雾是生活教科书中的第一个词，但不是最后一个词；薄雾就是混乱的生活。

那么，政治发展的影响将把阿拉伯国家中的混乱转化为治，将把其中的含糊、复杂问题转化得条理分明、融洽协调。但是，永远不能以实体取代萎靡，以热情取代烦恼。陶瓷工人能把泥做成酒坛或醋罐，但他不能用沙子和石头创造出什么。

四

高等学校和非高等学校将普及阿拉伯语，并用阿拉伯语讲授一切课程吗？

不把高等学校和非高等学校办成具有纯民族性质的学校，阿拉伯语在那里就得不到普及；不把学校从慈善机构、社会集团、宗教集团手中转到地方政府手中，就不可能用阿拉伯语教授所有课程。

比如在叙利亚，教学是以施舍的形式从西方传来的。我们仍然在吞食施舍的面包，因为我们是饿得心发慌的人。那面包救活了我们；把我们救活之时，也是把我们置于死地之日。那面包救活了我们，因为它唤醒了我们的所有感官，微微唤醒了我们的头脑；又将我们置于死地，因为它分裂了我们的语言，削弱了我们的团结，切断了我们的联系，疏远了我们群体之间的关系，致使我们的国家变成了若干兴趣爱好、审美观点各不相同的小小殖民地，部分被捆在西方国家的绳子上，举着他们的旗帜，为他们的长处、尊严唱赞歌。在美国学校吃了口知识饭的青年，已经自然地变成了美国代理人；在教会学校吸了一口知识汁的青年，变成了法国大使；穿上一件俄国学校织的汗衫的青年，变成了俄国的代表……那里的学校每年都会培养出这样一批代理人、大使和代表。当前关于叙利亚政治前途上的意见分歧及不同倾向，就是上述论断的最有力的证据；那些用英语学习了部分知识的人期望美国或英国监护他们的国家；那些用法语读书的人则要求法国管理他的事情；那些没有用这种语言或那种语言学习了的人，则不要这个国家或那个国家，要求执行最接近于他们的知识和意识的政策。

我们靠哪个国家的费用学习而向着哪个国家的政治倾向，也许是东方人报恩思想感情的证明。但是，一边砌上一块砖，而另一边却推倒一堵墙，算是什么思想感情呢？种一株花的同时毁坏一片森林，算什么思想感情呢？使我们活一天而死一辈子，又算什么思想感情呢？

西方的真正行善者和慷慨大方者，并没有在给我们送来的面包里加进针和刺。他们当然想利用我们，而不是要害我们。可是，那针生自何处，那刺又来自何方呢？这个题目，我将另找机会进行探索。

是的，高等学校和非高等学校将普及阿拉伯语，用它教授所有课程，使我们的政治倾向得到统一，使我们的民族意志得到统一。因为在学校里可以统一倾向和意志。但是，这一点只有在用国家的费用培养新一代时才能实现；只有在我们每个人都为一个祖国而取代两个肉体和灵魂相矛盾的祖国的儿子时，这个任务才能完成；只有用我们自家的面包取代施舍的面包时，这个任务才能完成。因为一个饥饿的讨饭者是以施主慷慨为接受面包的条件的。谁把自己置于受礼者的地位，谁就不能反对送礼者；受礼者总是处于被动地位，而送礼者总是处于主动地位。

五

标准阿拉伯语将战胜各种方言并统一方言吗?

方言在不断变化和改进，粗硬处变得柔软。但它不会也不能被击败——应该不被击败——因为它是被我们称为语言的根本，是被我们称为修辞的起源。

语言像别的事物一样，都遵循着最合理的必然存在下来的规律。方言里有许多存在下来的最合理的要求，因为它最接近于民族的思想，最接近于普遍民族性的目标。我说，它将存在下去；我的意思是说，它将与语言本体结合，变成整个语言的一部分。

每一种西方语言都有方言。那些方言都有文学、艺术现象，均不乏美妙、新颖之处，颇受欢迎，而且在欧洲和美国都有一批天才诗人，他们能在自己的长诗与二重奏韵诗中成功地将方言与标准语巧妙结合，诗品感情丰富，十分动人心弦。我认为在轮旋曲、抑扬格诗歌、讽刺诗和打油诗中，有许多新的转喻、美妙的借喻和新创轻快表达方法。假若我们把这些放在用标准语言写的、充满我们报纸杂志的诗作旁边，会像一束香花放在一堆干柴旁边那样，或像一群善唱的舞姬面对着几具木乃伊。

新的意大利语原是中世纪的一种方言，上流社会称之为“下流人”的语言。可是，当但丁、彼特拉克、卡蒙斯和弗朗西斯·达席齐用之写成长诗及不朽的二重奏韵诗时，那种方言就变成了标准意大利语。此后，拉丁语变成了行走的宇宙，但在反动分子肩上的棺材里。埃及、叙利亚和伊拉克的方言与麦阿里、穆台奈比的语言之间的距离，并不比意大利“下流人”语言与奥菲迪、弗尔基勒的语言之间的距离远。假若在近东出现一位伟人，用其中一种方言写一部伟大著作，那么，这种方言就会变成标准语言。然而我认为在阿拉伯国家不会出现这样的事情。因为东方人迷恋过去胜过现在和将来，他们惯于抱残守旧。如果他们中出现一位伟大人物，必定会在先辈人所走过的修辞路上显示自己的才华；先辈人的路是思想摇篮与其坟墓之间最近的路。

六

振兴阿拉伯语的最好方法是什么？

振兴阿拉伯语的最好方法，而且是唯一的办法，就在诗人的心里、诗人的双唇上和诗人的手指间。诗人是创造力和人之间的经纪人。诗人是线路，负责将心灵世界创造的东西运往研究世界，将思想世界决定下来的东西运往记录世界。

诗人乃语言之父母。语言到诗人所到之处，语言在诗人驻足处停步。一旦诗人倒下，语言便在其坟墓上痛哭号丧，直到另外一位诗人路经那里时将它拉走。

既然诗人是语言之父母，那么，模仿者便是语言殓衣的制造者和掘墓人。

我说，每个诗人，无论大小，都是发明家；无论强弱，都是探索家；无论贵贱，都是创造家；不论当教长，还是做平民，都是纯粹生活的热爱者；不论哲学家，还是葡萄园的看守人，都是严肃认真地站在日夜面前。

至于模仿者，则是什么也不发明、什么也不创造的人，只是延长同代人的精神生命，用从前代人衣服上取下来的补丁缝制自己的精神衣裳。

我说，诗人是农夫，用与从父辈那里继承下来的稍有不同的犁，耕耘自己的土地；其后来者，则用新的名字称谓新犁。我说，诗人是园丁，在黄花和红花中栽种第三种橙黄色的花；其后来者，则用新的名字称谓新花。我说，诗人是织布工，在自己的织布机上织出花纹不同于邻居织布工所织的织物；其后来者，则用新名字称谓新织物。我说，诗人是航海家，为具有两面帆的船升起第三面帆。我说，诗人是建筑师，在单门、单窗的房间之间建造出双门、双窗的房舍。我说，诗人是染布工，把前人未曾混合过的颜色混合在一起，调出一种新的颜色。航海家、建筑师、染布工之后的来者，用新的名字称谓他们的成果，以之在语言船上张帆，在语言房舍上加窗，在语言衣裳上增色。

模仿者，则是沿着一千零一个商队走过的路，从一个地方走到另一个地方，唯恐迷失方向，不敢偏离老路一步。沿着一千零一代人走过的路，借以获得糊口生计。以此得到吃、喝、穿的人，其生活始终像回音，其存在像远离真理的微弱影子，他一点也不了解之，亦不想了解。

我说，诗人是虔诚信徒，亲身走进寺庙，泣而跪之，又是兴奋，又是号丧，又是赞主，又是侧耳细听，又是自言自语，然后走出庙门，双唇间及舌头上挂着名词、动词、虚词、新的派生词，皆是有关他的祈祷形式的，而且形式天天更新，引起他着迷的种类在夜夜变化。他以自己的这种工作为语言吉他增银弦，为语言火炉添好柴。

模仿者，则是没有意志、没有感情地重复祈祷者的祷词和礼拜者的祝福语，而把语言丢在他发现语言的地方，把个性公报丢在无公报也无个性的地方。

我说，诗人是那样的人：既已爱上一位女子，他的灵魂便孤独起来，偏离开人的道路，让灵魂的梦附着在由白日欢乐、夜晚恐怖、暴风呼啸、山谷寂静组成的躯体上，然后再将其经验编成戴在语言头上的花环，将其信仰做成挂在语言脖颈上的项链。

模仿者，甚至在描写爱情、作情诗和赞美少女上也完全照搬老词。提到他的情人的面孔和脖颈，他只会说："像圆月，似羚羊。"想到情人的发髻、身段和眼神，他只会说："如黑夜，似杨柳，像快箭。”他诉苦，会说：“不眠者的眼皮，遥远的黎明，迫近的责备者。”如果想弄个修辞奇迹，他会说：“我的情人向眼里的水仙降泪珠之雨，以便灌溉嘴巴的玫瑰。我的情人用她的牙咬她的手指。”我们的这位鹦鹉朋友唱着这种陈词滥调，而不晓得自己在以自己的愚蠢毒害语言肥肉，不知道自己在用自己的低能与浪荡轻视语言的尊贵与庄严。

我已谈过关于创新及其益处，也谈了不育及其害处，没提那些把自己的一生消耗在编词典、著长诗、集词汇的人们——我只字未提他们，原因在于我相信他们像语言涨潮与退潮之间的海岸，他们的职能不过是筛子——筛子有很好的职能，可是，当一个民族的创造力只会种毒麦，只会收获干草，在其打谷场上只堆满芒刺和萤火虫时，筛手们又能筛出什么东西来呢？

我再说一遍，语言的生命、统一、普及以及所有与之已有和将有关系的一切，都取决于诗人的想象力。我们有诗人吗？

是的，我们有诗人。每一个东方人都能成为自己领域里、自己花园里、自己织机前、自己寺庙里、自己讲台上、自己写字台旁的诗人。每一个东方人都能将自己从模仿、传统监牢里解放出来，走到太阳光下，前进在生活的队伍中。每一个东方人都能投奔蕴藏在自己精神里的创造力，那种永恒的力量是上帝之子用石头砌成的。

那些致力于安排和播放自己的天赋的人，我则对他们说：“就让你们个人的目标成为追踪前人脚印的障碍吧！对于你们和阿拉伯语来说，用你们自己的个性建造一个简陋茅舍，也比你们用借来的个性建造摩天大厦要好。就让你们的自尊心成为作赞颂诗、悼念诗和祝愿诗的屏障吧！对你们和阿拉伯语来说，草率轻易地死去，也比把你们的心当作香焚烧在偶像、石雕前面要好。就让你们的民族热情成为描写东方生活的奇悲怪欢的推动力吧！对你们和阿拉伯语来说，抓住你们周围的最简单的事情，给它穿上用你们的想象力做的衣衫，要比你们照搬西方人写的最壮观、最美丽的作品好得多。”

伊本·法里德

欧迈尔·伊本·法里德是位神诗人。他那干渴的灵魂喝过灵魂酿造的醇酒，终于醉了，开始遨游，升入可以触知的世界，漫游在诗人的梦境、恋人的情海与苏菲派的夙愿之中。之后，他的灵魂突然醒来，回到了可见世界里，以便用美丽动人的语言记录自己的所见所闻。不过，那语言并不缺少名为修辞的繁杂词句结构，因为那是法定语句，并非修辞所能为之。

但是，当我们把法里德的作品放在一边，仔细观看他那单纯艺术及艺术之后的心理现象时，我们会发现他是绝对思想庙宇里的一位大祭司、广阔形象之国的国王、雄壮苏菲派大军的统帅。那支大军正以缓慢决心奔向真理之城，必将克服前进道路上的一切生活琐事，永远凝视着生命的尊严与庄重。

法里德生活在因循守旧的人们中间。当时，缺乏思想更替与心理创新。人们只是忙于注释、阐述伊斯兰留下的文学、哲学著作。然而才智——才智是主创造之奇迹——激发了诗人，使其跨越时代，超越环境，独处幽居，将展示给他的一切写成永恒诗篇，用生活所掩饰的东西，表达生活所显示的一切。

法里德没像穆台奈比那样从自己的日常生活现实中选择题目，也没像麦阿里那样为生活中莫名其妙的事物和秘密所动心，而是闭眼不看世界，以便观察现世后面的东西；掩耳不闻大地上的嘈杂声，以便听赏无尽无休之歌。

这就是法里德：一个纯洁如同阳光的灵魂，一颗像火一样灼热的心，一种清澈透底似山间湖水的思想。即使他不如蒙昧时代的人那样坚定，不似混血儿那么机灵，但在他的诗里，却有一种前人不曾梦想到、后人也还未及的东西。

新时代

当今，东方有两种相互搏斗的思想，即旧思想和新思想。旧思想注定要被战胜，因为它已精疲力竭，心灰意懒。

在东方，觉醒正在骚扰睡神。觉醒是不可战胜的，因为太阳是它的统帅，黎明是它的大军。

在东方的田野里——昨日的东方是个块头大的胆小鬼——今天站着一个青年，那就是春天，正呼唤居民起来，跟着白昼前进。如果春姑娘唱起歌来，惊惧的冬翁会立即醒来，披起自己的殓衣，匆匆忙忙离去。

在东方的天空中，有一种富有生机的震荡声，不断生长、伸延、扩展，遇到敏感、机灵之人，会将之拉入自己的怀里；它又包围富有感情而又不肯苟且的人，以便将之弄到自己的手中！

在当今东方有两位首领：一位首领发号施令，令行禁止，但他已是临终老翁；另一位首领沉默寡言，俨然如法律制度，心平气和似真理，但他的肌肉发达，强壮有力，决心人皆知，存在无人疑，正确人皆信。

在当今的东方有两个人：昨天的人和明天的人。东方，哪位是你呢？

你何不靠近我，让我仔细瞧瞧你的面容和外表，也好判断你究竟走向光明，还是走向黑暗！

来呀，告诉我，你是什么，你是何许人？

不是有位政治家暗自说“我想利用我的民族”吗？不是还有一位热血之士自语道“我想有利于我的民族”吗？

如果你是前者，那么，你就是一株寄生草木；假若你是后者，那么，你就是荒漠中的一片绿洲。

不是有这样一个商人吗？他总把人们的急需当作营利、发财的路子，于是将必需品垄断起来，一个钱买来的东西，却要卖十个钱。不是还有一个这样的人吗？他终日勤奋努力，为织娘与农夫之间进行产品交换提供方便，使自己化为求者与供者之间的一环，服务供求双方，从中得到公正报偿。

假若你是前者，那么，你就是罪犯，不论你身居牢房，还是栖身宫殿。假如你是后者，那么，你就是善人，不论人们反对你，还是感谢你。

不是有这样一位宗教首领吗？他用人们的纯洁、朴实编织自己遮体的外袍，以人心的真诚、直率铸造自己的冠冕，自称厌恶魔鬼，却靠魔鬼生活。不是也有这样一位虔诚信徒吗？他把每个人的长处看作民族复兴的基础，将探索自己灵魂的秘密，作为使自己灵魂完美的阶梯。

假若你是前者，那么，你就是个不信神的叛教徒，不论你白日戒斋，还是夜里祈祷。假若你是后者，那么，你就是真理天堂里的百合花，芳香扑入众人鼻内，或自由飞扬，直上九霄云天，芳香永不消散。

不是有这样一位记者吗？他在牲口市上出售自己的思想和原则，

借社会灾难之机发展自己；像饥饿的鸢一样，只喜欢食腐尸臭肉。不是也有这样一位教师吗？他站在民间一个讲台上，从日常生活中总结教训，先使自己从中受到教育，然后再讲给众人听。

假若你是前者，那么，你就是粉刺、烂疮。假若你是后者，那么，你就是良药、香料。

不是有这样一位官员？他在他的上司面前，卑躬屈膝，低三下四，唯唯诺诺，唯命是从；而在他的下级面前，则是趾高气扬，耀武扬威，大模大样，装腔作势，动辄把手伸进下级口袋里，不掏走点东西，一步也不向前挪。不还有这样一位忠实公仆吗？他日理万机，夜以继日，为民操劳，鞠躬尽瘁，一心为了实现平民意愿。

假若你是前者，那么，你就是民族打谷场上的毒麦。假若你是后者，那么，你就是民族粮仓里的吉星。

不是有这样一位丈夫？他自己所干的事，却不让其妻效仿；他为所欲为，忘乎所以，腰上挂着妻子牢房的门锁钥匙；他欲食则食，不管不顾，直至消化不良，而他的妻子只能终日独守空房。不是还有这样的朋友？遇事必拉上同伴之手，做事胸有成竹，事成必让同伴共享欢悦与荣誉。

假若你是前者，那么，你只能是已经消亡的原始部落中的一员，栖身洞穴，身裹兽皮。假若你是后者，那么，你就是民族先锋之一，迎着朝霞，向着公正、真理疾跑。

不是有这样一位作家吗？他精于研究，仰首伸眉，目无众生；他脑子里装的净是前人丢下来的破烂，且蒙上了厚厚的尘土。不是还有一位纯朴的思想家？他仔细探索周围的一切，以便分出利与害，继而竭尽毕生精力兴利灭害。

假若你是前者，那么，你就是身着华丽外衣的愚夫笨蛋。假若你是后者，那么，你就是饥馑者的面包师、干渴人的水夫。

我说东方有两行队列：一队由驼背老人组成，人人拄着拐杖行路；虽然走的是下坡路，但个个仍然气喘吁吁。另一队由青年组成，他们行走带风，仿佛人人腿上生着翅膀；他们放声高歌，似乎个个喉挂琴弦；他们飞身跨越障碍，宛如山崖上有一股力量拉着他们，又像有神灵紧抓着他们的灵魂。

东方人啊，你们属于哪一队，又跟着哪一队行进呢？

不然就请问问自己的心，让它夜阑更深时再作回答。因为它已从周围的麻醉剂中清醒过来。请它回答，你究竟是昨天的奴隶，还是明天的自由人？

我告诉你，昨天的人送葬了那个创造了他、也被他创造的时代。我要说，他们被系在一条绳索上，岁月磨细了那条绳索，一旦绳断——不久就会断的——系在绳上的人就会落入被遗忘的深坑。我要说，他们住在支柱濒于倾倒的房子里，一旦暴风来临——暴风即将到来——房顶就会压在他们的头上，那里就是埋葬他们的坟墓。我要说，他们的思想、言论、著作、诗集，以及他们的一切成果，都将是他们身上沉重的镣铐，由于他们体弱，拖也拖不动。

至于明天的人们，生活正在呼唤着他们。他们迈着坚定的步伐，昂首挺胸，紧紧跟随生活的脚步。他们是新时代的黎明，任何烟雾都休想遮住他们的光芒，任何锁链都不能淹没他们的声音，任何沼泽的臭气都不能盖过他们的芳香。他们在人数众多的团体面前是人数最少的团体。然而开花枝条所隐蔽的秘密，不在干枯的森林里；麦粒里所含有的东西，也不在草料垛中。他们是一伙无名之辈，但他们之间相互了解，就像高高的群峰，相互看得见，能够听到对方的呼唤，可与对方谈心聊天。山洞则是看不见东西的瞎子，听不见声音的聋子。而他们是上帝抛到田野里的果核，一旦果仁劈开外壳，一株鲜嫩的幼苗便在太阳下迎风摇曳，继而长成一棵大树，根扎大地之心，枝插九霄云天。

寂寞与孤单

生活是寂寞与孤单大海中的小岛。

生活是小岛，其石是希望，其树是梦想，其花是沉寂，其泉是干渴。它坐落在寂寞与孤单大海之中。

兄弟，你的生活是远离所有岛屿和地域的一个孤岛，不管有多少船航向另一岸边，也不论有多少船队来到你的海岸，你总还是你，你是一个孤零零的小岛，只有自己的孤寂痛苦，只有自己的遥远欢乐，只有自己的无名思念，只有自己的秘密隐私。

兄弟，我看见你坐在金山上，为自己的富有得意忘形。你认为每捧金沙里都有一条无形的路，将你与人们的思想接通，把你与人们的爱好联结。你像一位伟大的征服大将军，统帅着常胜大军，攻占碉堡，夺取工事，无坚不摧，所向披靡。可是，我再看看你，却发现你的仓库墙后有一颗心在寂寞与孤独中跳动，在一只嵌着宝石的金笼子里跳动，干渴难耐，然而笼中无水。

兄弟，我见你坐在荣誉宝椅上，四周围满了人，个个口咏你的名字，人人赞颂你的功德，夸奖你的才智，目不转睛地望着你的英容，仿佛他们站在一位圣人面前，圣人正用自己的意志举起他们的灵魂，携带着众灵魂遨游在群星之间。你望着他们，你的脸上挂着欢悦的表情，显得那样强大无敌，仿佛你就是他们的灵魂。可是，我再次看你，却发现你那孤孤单单的自身站在你的宝椅旁，正为自己的寂寞而痛苦，又因自己的孤独而哽咽，之后，我见你的自身将手伸向四面八方，似乎在向无形的幽灵祈求同情与怜悯。其后，我看到你的自身正凝视一个遥远的地方，一个什么也没有的地方，一个只有你的寂寞与孤单的地方。

兄弟，我见你恋上了一位漂亮女子，你便把自己心中的蜜糖倾倒在她那头发中分处，而她的双掌上也堆满了你的唇印。她望着你，她的二目中放射着充满柔情的光芒，她的唇边挂着慈母般的甜润笑意。我暗自说："爱情已经赶走了这个人的寂寞，消除了这个人的孤单。他又与完整的普通灵魂取得了联系。过去，爱情曾以独处与淡忘将他与完整的普通灵魂分开；如今，完整的普通灵魂又用爱情将他拉入了自己的怀抱。"可是，我再仔细瞧瞧你，却发现你那颗热恋的心，仍然是颗孤零零的心，很想把心底里的蜜糖倾倒在心爱的女子头上，然而却无能为力。我发觉你那融化爱情的灵魂背后还有另外一颗灵魂，孤孤单单，形影相吊，宛如云雾，很想把女友手中的东西化为几滴泪水，但却不能如愿以偿。

喂，兄弟，你的生活是一座孤零零的房舍，远离所有的屋宇与区域。

你的精神生活是一座房舍，远离人们以你的名字称呼的表面现象之路。假若这房舍是黑暗的，你却无法用邻居的灯将之照亮；假若这房舍是空的，你亦无法用邻居的财产将之装满；假若这房舍坐落在沙漠上，你也无法将之搬到他人培植的花园里；假若这房舍坐落在高山之巅，你更不能把它移入他人之脚踏过的谷地。

喂，兄弟，你的理性生活被寂寞与孤单包围。如果没有这寂寞与孤单，你也就不成为你，我也就不是我。如果没有这寂寞与孤单，我听到你的声音，我会以为自己在说话；我看到你的面孔，我会以为自己在照镜子。

有高柱的依赖姆人

难道你不知道你的主怎样惩治阿德人——有高柱的依赖姆人吗？像那样的人，在别的城市里还没有被创造过的。

——《古兰经》

我的部分臣民访问过它。

——圣训

引言

舍达德·本·阿德取得天下之后，命令阿德贵族中的一千名亲王外出，寻找水源丰富、空气清新、远离山脚的广阔平地，以便在那里建造一座黄金城市。那些亲王出动了，每位亲王带着一千名奴仆和侍卫。他们走啊走啊，终于发现了一片空气清新的空旷土地，爱不忍离，即命令工程师、建筑师设计一座方城，周长四十法尔萨赫[1]，每边长十法尔萨赫。地基挖到见水，用也门的白玛瑙石砌基础，直到露出地面。然后建起高五十腕尺[2]的围墙，外贴镀金锡箔片，在阳光下闪闪发光，煞是耀眼。舍达

[1] 1 法尔萨赫等于 6.4 千米。

[2] 1 腕尺等于 0.5883 米。

德派人去各地矿井，开采黄金，制成金坯。挖掘地下埋藏的金银财宝，按照王国王公们的人数，建造了一千座宫殿。每座宫殿坐落在各种镶金嵌银的黄玉和宝石的柱子上，柱高一百腕尺。河从城中穿过，每座宫殿都有支流环绕，金块、宝石和珍珠当碎石撒入水底。宫殿外装饰着金箔和银箔。河边栽满各种树木，树干由纯金制造，树叶和果实由黄玉和各色宝石雕磨而成。宫墙上遍涂麝香和龙涎香。城中有一座华丽庭院，树木皆用纯绿宝石、蓝宝石及各种名贵宝石制作而成，那里饲养着各种善于歌唱的名贵鸟类及其他禽兽。

引自《帝王传》

地点：黎巴嫩东北部，赫尔迈勒树与阿缓泉之间一座孤零零的旧宅院，四周有小树林环抱，林中栽有核桃、白杨、石榴等。

时间：1883年7月中一天的晡时。

人物：齐·阿卜丁·纳哈万迪（简称阿卜丁），他是波斯一苦行僧，40岁，以苏菲派人士知名。

纳吉布·拉哈迈（简称纳吉布），黎巴嫩文学家，33岁。

阿米娜·阿莱维（简称阿米娜），在当地以“山谷大仙”知名，谁也不知其年龄。

起幕，阿卜丁坐在一棵树的树荫下，一手托着下巴，一手用一根长棍子在地上画圆。片刻过后，纳吉布骑着马进了树林，下马后，将马拴在树干上，掸去衣服上的灰尘，走到阿卜丁的跟前。

纳吉布 你好，阁下。

阿卜丁 你好！（转过脸去，自言自语道）问好，我们接受。阁下，我则不晓得我接受还是不接受。

纳吉布 （环视四周）阿米娜住在这儿？

阿卜丁 这是她的一处住宅。

纳吉布 你是说，她还另有一处住宅？

阿卜丁 她的住宅没数。

纳吉布 从一大早起，我就寻找，向遇到的每个人打听阿米娜住处，谁也没说她有两处或更多住处。

阿卜丁 这证明你从早晨起，就没有遇到一个亲眼看见或亲耳听见的人。

纳吉布 （诧异地）也许事情像你说的那样。不过，阁下请对我说实话，阿米娜住在这儿吗？

阿卜丁 是的，她的躯体有时住在这里。

纳吉布 不能告诉我她现在住在何处吗？

阿卜丁 （手指东方）她无处不在。她的躯体则游荡在那些丘陵和山谷之间。

纳吉布 她今天回这里吗？

阿卜丁 但愿她回来。

纳吉布 （坐在阿卜丁前面的一块石头上，然后打量阿卜丁许久）从你的胡子上看，你当是波斯人。

阿卜丁 是的，我出生在纳哈万德，在设拉子长大，在尼萨布尔受教育，遍游大地东方和西方，在各地都是异乡客。

纳吉布 我们在各地都是异乡人。

阿卜丁 不是的。其实，我见过并与数以千计的人交谈过，我看他们个个苦恋故土，亲近旧友，远离世界，固守狭窄田地，还以为那就是世界呢。

纳吉布 （赞赏对方的话）是的，先生，人天性喜欢自己出生的地方。

阿卜丁 有数的人喜欢有限的生活。目光短浅的人只能看到自己双脚踏上的一尺远的路和自己依着的一尺墙。

纳吉布 我们当中并非每一个人都能了解生活的全部，要求目光短浅的人看到远处和微小的东西是不公平的。

阿卜丁 你说得对，说得好。我们向未成熟的果实要酒也是不公平的。

纳吉布 （沉默片刻）阁下请听我说，好多年前，我就听到阿米娜的消息，使我极为感动，决心见她一面，询问一番，以求了解她的秘密和隐私……

阿卜丁 （打断纳吉布的话）在这个世界上，还有能了解阿米娜的秘密及隐私的人？在这个世界上，有谁能在海面上巡游和在苑园中散步？

纳吉布 阁下请原谅，我的说法有些欠妥。我当然不能了解阿米娜的内心世界，只是想听一听她去有高柱的依赖姆人那里的故事。

阿卜丁 那么，你只好站在她的梦门上，若给你开门，你的目的就算达到了；如若门不开，你只能是受责备的人。

纳吉布 阁下，你说门不开，我只能是受责备的人，这是什么意思？

阿卜丁 我是说阿米娜最了解人们的灵魂，一眼便可看穿人们的内心世界。她若看你配与她交谈，她就和你谈；不然，她是不会和你谈的。

纳吉布 我说什么，做什么，才能自由地听她谈话？

阿卜丁 通过说和做想接近阿米娜，那是不可能的。她决不会听你说什么，也不会看你做什么，而是将用她的耳朵听你所不说，用眼看你所不做。

纳吉布 （面浮惊异神情）你的话多么动人，多么美啊！

阿卜丁 我谈阿米娜，只不过是哑巴想唱歌。

纳吉布 阁下知道这个奇怪女人住在哪里吗？

阿卜丁 住在安拉胸中。

纳吉布 （不安地）我是说她的躯体生在何处？

阿卜丁 大马士革附近。

纳吉布 能否将她双亲及成长的情况告诉我一些呢？

阿卜丁 你的问话多像法官和律师们的语言呀！难道你认为问问特征就能知道实质，看看罐子的外观，就能知道酒的味道吗？

纳吉布 灵魂与躯体之间存在联系，也是不无益处的。

阿卜丁 你使我佩服，你使我佩服！看来你有些学问。那么，就请你听我说吧。关于阿米娜的母亲，我只晓得她生下阿米娜后就死了。阿米娜的父亲叫阿卜杜·埃尼，是位有名的盲人长老，以阿莱维知名乡里，当年是内科学和苏菲派的伊玛目。他非常喜欢他的女儿，在教育培养女儿上颇下功夫，将自己灵魂中的一切都掏给了女儿。女儿长大了，他发觉自己传授给女儿的知识只不过是大海的泡沫，于是说："从我的黑暗中发出任我借明的亮光。"阿米娜长到 25 岁，阿莱维带着女儿前去朝觐。女儿跨过沙漠荒原，来到离圣城麦加还有三站的地方，老先生因患热病归真，女儿便将他葬在那里的一座山脚下。阿米娜在父亲墓前静守七夜，与父亲的灵魂低声细语，向他询问幽冥世界的秘密，求知幔帐后所有之物。第七天夜里，父亲的灵魂启示她，让她跨上骆驼，扛上干粮，从那个地方向东南方向走。阿米娜遵启示行事。(谈到这里，阿卜丁沉默片刻，望了望遥远的天际，然后接着说)阿米娜行进在荒原上，一直来到"鲁布阿·哈里"。这是阿拉伯半岛的中心，任何商队不曾通过，只有少数人到过此地。朝觐者们猜想她一定是在荒原上迷失了方向，饿死了。朝觐者们回到大马士革，把情况告诉人们，凡蒙其父女二人恩惠的人无不为之难过。随着时间的推移，一切进入遗忘卷中，好像父女二人不曾活在世上似的。五年之后，阿米娜出现在摩苏尔。她的出现，加之她的姿色出众，端庄大方，满腹经纶，心地善良，故颇像一颗明星自九天而降。

她走在人们中间问长问短，站在学者和教长们中间侃侃而谈关于神的故事，向他们描述有高柱的依赖姆人的情况，言语流畅，口才雄辩，所谈皆为人们闻所未闻。她的事情闻名了，追随者多起来，城中的学者们怕出现新的教义，更怕闹事，随即在省长那里告了她一状。那位省长把她召来，把一袋子黄金送给她，要她离开该城，阿米娜断然拒收金钱，当夜离城而去，没有带一个随从。之后，她先到阿斯塔那，再到阿勒颇、大马士革、霍姆斯，后到的黎波里。她每到一个城市，都会使人们的心中失去往日的寂静，燃起人们灵魂中已经熄灭的火，人们纷纷围在她的身边，聆听她的讲演及她谈自己的奇妙经历，一个个深深被强烈的神奇色彩所吸引。然而每个地方的伊玛目和教长们都反对她，驳斥她的言论，把她告到行政官那里。自此以后，她要求自己离群索居，便于几年前来到这个地方，远避尘世，独自苦修，只是深入研究神的秘密。关于阿米娜的生活，我了解颇多。这仅仅是其中的一点点情况。安拉赐予我特别恩惠，让我熟知阿米娜的内心世界及其才智和力量；关于这些，我现在还不能谈，设想一下，哪个人能把这世界之外的太空收集在几个杯盏之中呢？

纳吉布 （激动地）谢谢你，阁下，谢谢你给我谈了这位奇怪女人的情况。我更加想见她一面了。

阿卜丁 （审视纳吉布片刻）你是基督教徒。不是吗？

纳吉布 是的。我生来就是一个基督教徒。但是，我知道，我一旦除掉那些宗教的关于教义和社会的附属物，我们就会发现那只是一种信仰。

阿卜丁 说得对。在人们当中，没有谁更比阿米娜知道宗教的单纯和统一。人属于不同团伙，在他们中间，阿米娜就像早晨的露珠，自高天而降，在色彩和形式各不相同的花叶间凝成闪闪放光的珍珠。是的，她像晨露……（阿卜丁突然中止谈话，回首望着东方，侧耳静听，然后站了起来，示意纳吉布留心。纳吉布闻命从之。）

阿卜丁 （低声地）这就是阿米娜·阿莱维。

（纳吉布手捂额头，仿佛感到空气的成分发生了变化，然后望了望，看见阿米娜来了。他面色顿改，心中不安起来，但像塑像般站在原地一动不动……阿米娜走进小树林，站在两位男子的面前。看她的仪表、举止和衣着，与其说近似于老百姓过去供香的神，毋宁说更像一位现代东方妇女。仅仅看她的外貌，很难确定她的年龄，仿佛她脸上的青春被千年的知识和经验所遮盖。纳吉布和阿卜丁呆滞、谦恭、敬畏地站在那里，好像站在安拉派来的一位先知面前……阿米娜仔细端详纳吉布的面孔，犀利的目光已穿透他的胸膛，然后面容舒展地微笑着走近纳吉布，用甜美的声音说……）

阿米娜 黎巴嫩人，你来到我们这里，是来打听我们的消息、了解我们的情况的。我们这里没有什么意外的情况，我们的情况与你们没有什么两样。

纳吉布 （激动地）我已经看到了，听到了，相信了，心满意足了。

阿米娜 不要满足于这一点点。谁还生命源泉一只空罐，便能得两满罐。

（阿米娜伸过一只手，纳吉布双手恭敬、腼腆地捧住她的手，随后在一种隐蔽的动机的推动下亲吻她的衣角。阿米娜回头望了望阿卜丁，向他伸出手，阿卜丁照纳吉布那样的动作做了一遍。然后，阿米娜稍稍后退，坐在住宅前的一块刻石上，随后指着附近的一块石

头，对纳吉布说）

阿米娜　这是我们的座位，请坐吧！

（纳吉布和阿卜丁先后坐下）

阿米娜　我们用你的眼睛看到了安拉的光明。谁的眼里有安拉的光明，谁就会看到我们的真实情况。我们从你的脸上看到了你渴求探索这里的忠诚愿望。如果你有什么话，那就请说出来，我们来回答。

纳吉布　人们说你古里古怪，我就是为了了解此事而来的。可是，当我站在阁下面前时，方才知道生活是灵魂的全部表现。我就像一个渔夫，把网撒到海里，本意为了捕鱼，可是把网拉上岸时，却发现网里有一袋珍贵的宝石。

阿米娜　你是来向我打听有高柱的依赖姆人的情况的吧？

纳吉布　是的，尊敬的女主人。自打孩提时期，“有高柱的依赖姆人”就萦绕着我的梦境，其各种符号、标志、暗藏的目的就伴随着我的想象力游荡。

阿米娜　（抬起头来，合上眼睛，用纳吉布猜想从天上传来的声音说）是的，我们到过那座被遮盖的城市，在那里住了下来。我们的精神充满了那里的香气，我的心里装满了那里的秘密，我们的口袋里塞满了那里的珍珠宝石。谁不承认我们看到和知道的一切，他就是在安拉面前否定自己。

纳吉布　（从容不迫地）太太，我不过是个结结巴巴学舌的孩子。如果我问你什么，那是在谦恭地问你。如果我在探究什么，那完全是专心、忠诚地询问。你何不用你的同情为我说情呢？假若不太麻烦你，允许我多提些问题吗？

阿米娜 随意问吧！安拉为真理设置了许多门，谁用信仰之手去敲，门就会为谁打开。

纳吉布 你是用躯体访问有高柱的依赖姆人，还是用灵魂访问的呢？那是一座坐落在地球一个已知的地方，全是用地球上的透明结晶体建造的城市呢，还是一座精神城市，象征安拉的先知和友人所到达的灵魂状态境界呢？安拉不是把昏迷状态当作面纱披在他们的灵魂上了吗？

阿米娜 既不是我们地球上看到的那种东西，也不是我们看不见的那种精神状况。我的躯体进入了那座城市，躯体是我显露的灵魂。我的灵魂进入了那座城市，灵魂是我隐藏的躯体。谁想把躯体的分子分开，那显然是迷失了方向。花及其香味是一种物质，不识花的颜色者是瞎子，他会说："花不过是飘飞在太空中的香味。"患感冒的人则说："花不过是只有形体和颜色。"

纳吉布 那么，被我们称为有高柱的依赖姆人的那座被遮盖的城市原来只是一种精神状态？

阿米娜 所有时间、空间都是一种精神状态。所有看得到的和能领会到的东西都是一种精神状态。当你合上眼，看你的内心深处时，你便看到了整个世界及其各个部分，体验了那里的法则规章，了解了那里需要的一切方法手段，明白了它所向往的朝觐之地。是的，当你闭上你的眼睛，打开你的洞察力时，你就会看到存在的始点与末端；那始点变成了末端，那末端又变成了始点。

纳吉布 每个人合上眼睛都能看到生命的实质吗？

阿米娜 每个人都能向往、向往、再向往，直到向往从眼上揭去外表现象的面纱，那时便看到了自己。谁看到了自我，谁就看到了生命活的实质。每个自我就是生命活的实质。

纳吉布 （手抚前胸）那么，存在中每一种可以触摸到和可以领会的，都在我的胸中啦？

阿米娜 每一种存在都在你那里，都伴随着你，都属于你。

纳吉布 我可以对自己说，有高柱的依赖姆人在我心中，而不在外界？

阿米娜 所有存在都在于你的内心，你内心中所有的东西都在存在中。世间的远近、高低和大小东西之间没有明显的界限。一滴水中包含着大海的所有秘密，一个原子中包括着地球的一切元素，一种思想运动包括着世界上的一切运动和规律。

纳吉布 （面浮不解表情）太太，听说你经过长途跋涉，方才到达半岛腹地那个以“鲁布阿·哈里”而知名的地方。我还听说，你父亲的灵魂的启示，引导、陪伴你行至有高柱的依赖姆人那里。假若有人想到那个天赋之避祸之命的城市，其情况和你相似，也具有你所具有的身体条件和精神力量，他能够像你那样到达那里，获得你所获得的一切吗？

阿米娜 是啊，我们穿过洪荒大漠，饱尝饥饿、干渴之苦，历经白天的恐怖与炎热和夜晚的可怕与沉静，方才看到了安拉城的城墙。可是，在我们之前到达安拉城的人，却一步未走，便晓得了安拉城的华美、壮观，他们根本不曾体验肉体的饥饿或精神的干渴。也就是说，实际上我们的兄弟姐妹未出自己出生的房舍，便已游历了圣城。

（她沉默片刻，然后用手指着周围的花木，继续说）

秋天抛到地面上的每一粒种子，都有办法打开自己的外壳，让自己的果仁发芽、生叶、开花、结果。但是，无论方法有多么不同，所有种子的向往地是一个，那就是站在太阳前面。

阿卜丁 （摇摇晃晃地往前走来，又往后退退，情不自禁，仿佛带着灵魂步入了一个高尚世界，然后用柔美的声音喊道）安拉至大，万物非主，唯有安拉，唯有将其影子置于唇舌之间的慷慨好施的安拉。

阿米娜 是啊！你说安拉至大吧！万物非主，唯有安拉。你说除了安拉，什么也没有。

（阿卜丁暗自重复着这几句话）

纳吉布 （心荡神驰地望着阿米娜，用近似耳语的声音说）除了安拉，什么也没有。

阿米娜 你说万物非主，唯有安拉。除了安拉，什么也没有。你成为基督教徒吧！

纳吉布 （点头动唇，重复着阿米娜的话，然后抬起头，说）太太，我已说过，我将说到自己的生命终结。

阿米娜 你的生命无终结，你将与万物永存。

纳吉布 我是何许人，怎能够永存？

阿米娜 你就是你。你是一切。因此，你将永在久存。

纳吉布 太太，当然啦，我知道作为物质组成的我，将与物质一起永存。可是，被称为思想的我，会永存吗？那近乎睡眠的微弱苏醒会长存吗？借太阳光闪闪发亮的泡沫和一波推一波、前浪消失为后浪诞生的海浪会永存吗？这些愿望、希冀、痛苦和欢乐会长在吗？夜晚宽而厚、深而高、奇异奥妙，夜里梦境断断续续、幻想联翩，这些幻想会永存长在吗？

阿米娜 （抬眼远望，仿佛要从太空的口袋里取拿什么东西似的，然后用充满决心、知识和经验的肯定语气说）一切实体都会永存。已经存在的实体就是证明。至于思想，如果没有它，学者就不可能知道有与没有，因此它是永远不变的永恒存在，只是风化现象除外；它不会隐没，只会以更高级的形式出现；它不会沉睡，只是以更壮美的形态的苏醒做梦。使我感到奇怪的是，有的人只承认我们的感官所想象的外壳内的原子的存在，而否认原子存在的外壳。使我感到奇怪的是，有的人只同意组成眼睛的元素存在，而怀疑把眼睛作为工具的视力的长在。使我感到奇怪的是，有的人肯定被创造物是永存的，而断言创造方法和手段是会消失的。使我感到奇怪的是，有的人被明显的制造者所制造的表面现象所迷惑。使我感到奇怪的是，有的人把生命分成两个部分，相信被动部分，而否认主动部分。使我感到奇怪的是，有的人观看那些沐浴着阳光的高山、平原，静听风用树枝舌头说话，饱吸鲜花和香草的芳馨，然后对自己说："我所见所闻者绝不会消失，我所知所感者绝不会逝去。"

可是，这个看了知道害怕，善于思考，听后有喜有悲的有理性的灵魂，这个有感觉便会颤动、舒展，之后会忧伤、期待的有理性灵魂，这个懂得一切的灵魂，将会像大海水面上的泡沫一样消失，将会像光前的影子一样逝去。这就是说，我对存在者否认自己的存在，大感迷惑不解。

纳吉布 （兴奋地）太太，我已相信自己的存在了。谁听了你说的而不相信，那么，与其说他像人，毋宁说他像石头。

阿米娜 安拉为每个灵魂送去了使者，以便引导我们走向光明。但是，有的人不知道生命就在自己心中，却到身外去寻找生命。

纳吉布 光明在我们身外，没有它我们就不能到达我们的灵魂深处。不是吗？我们的周围有一种力量，可以振奋我们的精神，还有种种刺激因素，能够提醒我们不要粗心大意。不是吗？

（纳吉布沉默犹豫片刻之后，又说）

你的父亲的灵魂没有向你指出一些肉体的囚徒和日夜的人质所不了解的东西吗？

阿米娜 指出过了。可是，客人敲门，而门内无人听见敲门声，也不起来去开门，敲门好似没有用的。人站在内心和外部的无穷世界之中。假若没有内心世界，也便没有外部世界。父亲的灵魂与我亲切交谈，因为我的灵魂曾与他交谈。父亲的灵魂向我的外部理性暗示了我的内部理性所知道的东西。假若不是因为我饥饿、干渴，我就得不到面包和饮水；假若没有思念和眷恋，我也就遇不到思念和眷恋的东西。

纳吉布 太太，我们每一个人能够用自己的思念与眷恋编一条绳索，连在自己的灵魂与被解放的灵魂之间吗？难道没有那样一伙人能够与灵魂对话，求之停脚止步？

阿米娜 太空人与地球人之间有着随日夜稳定而进行的稳定谈话聊天。人们中没有谁能够以步行通过看不见的理性力量。有人曾付出许多努力，想象着自己是有主动权的人，其实他始终是被动者。世界上有多少伟人，其伟大之处在于把自己完全交给某一个灵魂，就像吉他把自己的弦交给乐师那样，任之弹拨。是的，在可见世界与理性世界之间，有一条路，我们是在昏迷状态中走过的，完全不知不觉。当我们回来时，我们的精神手掌里握着种子，将之种入我们日常生活的土地里，便生长出伟大事业、不朽言论。如果没有把我们的灵魂与太空连接起来的那条路，人们中间既不会出现先知，也不会出现诗人和预言家。

我说，（她抬高嗓音）我的年龄为我做证。天堂与地狱之间的关系就像下令者与听命者、警告者与被警告者之间的关系。我说，我们处于使我们的存在处于偏斜的存在包围之中，我们处在启发我们的理性的理性包围之中，我们处在振奋我们的力量的力量包围之中。我说，我们的怀疑不反对我们服从我们怀疑的东西；我们献身于现实肉体愿望的努力，不要求我们以我们的灵魂放弃我们灵魂的目的；我们不了解我们的真实情况，并不妨碍被遮盖住眼睛的人了解我们的真实情况。我说，假若我们停下脚步而人家还在走，我们原地不动而人家还在动，我们沉默无言而人家还在说话，那么，我们就没有用睡眠能够清除他们对我们的苏醒，我们也没有苏醒能使他们离开我们的想象力。我们和他们处在统一在一个世界中的两个世界，处于被一种情况捆在一起的两种情况中。在被一个永恒的良知统一在一起的两种存在中，有一个无始无终、无上无下、无界限无方向的东西。

纳吉布　太太，有那么一天，我们能够通过科学研究和可以感觉到的实验，知道我们的灵魂通过想象所知道的、我们的心通过思考所能验证的东西，这样的一天会到来的。死之后美好像大自然的部分秘密那样，确定精神本身的存在，我们就可以用单纯知识之手摸到我们现在用信仰之手能够触摸到的东西。这样的一天会到来吗？

阿米娜　是的，那样的日子会到来。可是，那些人凭自己的部分感官认识了纯粹真理，但他们又怀疑，除非显示给他们的其他感官，方才信以为真，他们不是迷了路了吗？有的人听到了鴕鸟鸣唱，看到了鴕鸟展翅飞翔，但他仍然怀疑自己的所闻所见，除非用手抓住鴕鸟，方才信以为真。他们这些人是多么奇怪呀！有的人梦想着美丽的真理，然后想把它化为显示，将之禁锢在显示模子中，结果失败，便怀疑起梦来，否定那个真理，怀疑其美好。这样的人多么怪呀！有的人想象一件事情，以自己的形式、相貌描述它，当不能用普通尺度和文字证明肯定它时，便认为自己的想象是空想，自己的描述毫无价值。这样的人多么愚蠢啊！可是，假若再深入观察一会儿，就会得知那种想象是一种真理，只是尚未化为现实；就会知道那种描述是一种学问，比被固定在尺度的枷锁中要高明，比被关在文字的牢笼里要开阔舒展。

纳吉布　一点儿不错。要求灵魂的镜子只反射面前的东西，即使灵魂有意，也是不可能的。

平静的湖水不让你看见实际上不存在的高山、树木和云朵的倒影，即使湖水想这样，也是不可能的。要求生命的组织不把太空为之颤动的声音的回声发射给你，即使生命的组织有意，也是不可能的。要求亮光为地面上不存在的东西投影，即使亮光有意，也是不可能的。相信东西就是了解东西。信徒能用自己的精神视力看见研究者、探学者用肉眼所看不见的东西，能用内在的思想了解人们用外来思想所不能了解的东西。信徒验证神圣真理用一般人使用的感官，信徒认定神圣真理是一堵建筑严密的墙，故走路时说：“这座城没有一座门。”

阿米娜 （站起来，向纳吉布走了几步，用要结束谈话，不想再多说一句的口气说）信徒每日每夜活着，而非信徒则活有限的几分钟。把自己的手挡在自己的脸和整个世界之间，只能看见自己手掌纹路的人，他们的生活天地多么狭窄！我多么同情那些背向太阳、只能看见落到地上的自己的影子的人呀！

纳吉布 （自感离去的时刻已近，于是站了起来）回去之后，我将告诉人们，有高柱的依赖姆人的城是一座精神梦幻之城；阿米娜沿着思念的道路去那里，从信仰之门进了城。这样说行吗？

阿米娜 你就说，有高柱的依赖姆人的城是一座真城，与高山、森林、大海和沙漠同在。

你就说，阿米娜跨过荒原，强忍饥饿痛苦和太阳暴晒，饱尝孤独忧愁和寂寞恐怖之苦，终于到了那里。你就说，时代的巨人用大地上的透明结晶体建造了有高柱的依赖姆人城。他们没有避讳人们，而是人们看不见他们。谁走不到那里，就请怀疑自己的向导和牵骆驼的人，不要埋怨路途艰难。你告诉人们，谁不点着自己的灯，谁就只能在黑暗中看见黑暗。

（她仰面朝天，闭上眼睛，脸上现出温情、甜美的面纱。）

纳吉布 （走近阿米娜，低下头，沉默片刻，然后吻阿米娜的手，继而低声细语地说）看哪，太阳要落山了，天黑之前，我应该回到人们的住宅中去。

阿米娜 趁天还亮，你走吧！安拉保佑你一路平安。

纳吉布 太太，我将借手中火把的光走路。

阿米娜 借着风吹不灭的真理之光行路吧！（她用充满母爱光芒的目光，久久地注视着纳吉布，然后转过身去，走入林间，直到身影消失在林中。）

阿卜丁 （走近纳吉布）你现在去哪儿？

纳吉布 去阿斯泉附近的朋友家。

阿卜丁 让我陪同你去吗？

纳吉布 非常高兴。不过，我认为你留在阿米娜身边，更使我感到愉快。我要是处于你的位置，那该多好！

阿卜丁 我们只能远远地借太阳光生活。可谁能生活在太阳里呢？（用含义深远的语气）我每周来一次，以求沾福受益。夜来之时，我总是心满意足而归。

纳吉布 我多么希望所有的人都能每周来一次，个个沾福受益，人人满意而归！

（纳吉布解下马缰绳，牵着马，步行在阿卜丁身旁。）

幕落

无声的忧愁

众人啊，当你们回想起自己的青春初至时刻，你们是多么高兴啊！人人期望青春重返，个个惋惜青春早逝。至于我，每每回想起青春，就像刚获得自由的奴隶回顾牢狱高墙、枷锁那样难过。

你将童年至青年这一阶段称为黄金时代。处在这黄金时代的人，看不到世间的一切麻烦和苦闷，就像蜜蜂掠过毒素污染的泥潭那样，凌空跨越过人间的一切艰难、忧愁，一直朝百花园疾飞而去。至于我，我只能把我的青春称为无声的忧愁时代。忧愁似风暴，在我心间疯狂飞旋。打开心扉，我的心才豁然开朗。

爱情解放了我的口舌，我开始说话了；爱情拨开了我的眼帘，我哭了起来；爱情松开了我的喉咙，我开始叹息、诉苦。

众人啊，你们想起了田野、花园、广场和街巷，你们曾在那里玩耍、嬉戏；我也想起了黎巴嫩北部那壮丽的复兴景象。只要我一闭上眼睛，那充满魅力、庄严肃穆的河谷，逶迤连绵、雄伟多姿的高山便展现在我的眼前；只要我一捂上耳朵，那小溪的潺潺流水和树叶沙沙声便响在我的耳边。我像哺乳的婴儿贪恋母亲的怀抱那样，思念着这昔日的如画美景。但是，也正是它折磨着我童年时期被禁锢的灵魂，使我似笼中之鸟，看到雄鹰在广阔天空自由翱翔，不胜难过……正是它使我愁绪满怀，用它那颤抖的无形手指，在我心房四周编织了一层幽暗、抑郁的纱幕……我到旷野去，往往忧伤而归，弄不清因为什么。傍晚，我无心观看夕阳染就的彩霞，只感到精神沮丧，思想混乱。我听不到鸱鸟鸣啭或溪流歌唱，致使呆若木鸡，毫无生气。

人云：愚昧乃永恒之摇篮；永恒乃安乐之坟墓。也许这对于死而复生者是正确的，他们像静止的寒冷的躯体一样生活在大地上。但是，愚昧比深渊更可怕，比死亡更苦涩。因此，那种懂得很少、感触良多的敏感青年，就是太阳底下最可怜的人。他们的灵魂一直处在两种对立的力量中间：一种是内在力量，将其带上云端，让其站在梦幻烟雾之后观看世间万物；另一种是外部力量，将之固定在地球上，用尘埃遮住其视线，将之抛入漆黑深渊。

忧愁之神生着丝绸般光滑柔软的手，神志敏锐，但却使人感到孤独寂寞。寂寞是忧愁的盟友，也是各种精神活动的友伴。处在忧愁、寂寞之中的青年的灵魂，酷似刚出花托的白百合花：在微风吹拂下，战栗抖动；花瓣开放；夜幕降下，慢慢合上。倘若青年没有同伴陪同，没有娱乐活动，那么，在他眼里，生活就像狭窄的监狱，在那里只能呆望蜘蛛结网，静听虫蚁爬行。

我少年时代的忧愁，并非因为没有娱乐活动，也不是因为缺少朋友，而是来自我的天性。我素喜孤单，不爱玩耍，双肩之上没有生着少年翅膀。在万物面前，我酷似山间湖泊，以令人难过的平静，映出山峰、彩云、树木；它没有一个出水口，因而看不到有溪流从那里淌出，唱着歌奔向大海。

18 岁之前，我的生活就是这样。那时候，正是我脚站在山巅的岁月，登高望远，我看到了川流不息的人流，看到了他们喜爱的天地，也看清了阻碍他们前进的清规戒律和习惯势力。

那一年，我获得了新生。一个人，倘若不是孕于忧愁，生于失望，并且又被钟爱投入梦幻之中的话，那么，他的生活就像大自然这本书里只字不见的白纸一页。

施舍

当你施舍时，你必定只拿出一小部分家财。既然只拿一星半点，那也就没有什么价值，因为那对你的家财来说，算不了什么，不过是你仓库中的一点烂物而已。你之所以进行贮备，目的在于应付明天之需。

明天！聪明的狗都会为明天打算，将骨头埋在沙土里，表面不留任何痕迹，而后，随朝觐者奔往圣地。

难道为来日需要而操心就不是需要？难道干渴者的井溢满水时，干渴便不再是缺水？

有的人家财万贯，虽施舍无几，却也尽力沽名钓誉。贪图虚荣之心，使他们的施舍全然失色。有的人，虽所有无几，但却诚心诚意，全部用于施予。

有的人迷信生活，由于生活宽厚慷慨，故他们的财宝箱总是满满的。有的人乐于施舍，他们把欢乐当作施舍的收获。有的人苦于施予，他们把施予的痛苦当作洗礼。

还有些施舍者，他们既不知施舍之苦，亦不贪求欢乐，竭力避免宣扬自己的恩德。他们酷似河谷里的芳草那样，甘心情愿献出自己的馨香。

这些人从了上帝的圣旨，从他们的眼神中，可以看到上帝在对着大地微笑。

有的人向你求其所需，你慷慨予之，这当然好；人不求你，你便知其所需，主动送之，这就更好。施舍者张开双手，打开心扉，乐于接近饥馑者，这要比捐赠品本身更加高贵难得！

在你的财产中，有什么能在你死时带去的呢？你今天占有一切，总要在某日放弃。劝君施舍些为妙，让广济博施之美德成为你生命之要素，千万莫将遗产留给继承人！

我常听你说："我乐于施舍，但只给予那些应该受施者！"

清醒的人啊，难道你忘了，你花园里的树木，正像你放牧的羊群，绝不会发表这样的言论！

树木慷慨施舍，目的在于生长；一旦停止施济，生命便告灭亡。

我有权对你说，人既然有权博得生命施舍，安享白昼、黑夜，那么，也应该获取你捐赠的一切。

人既然有权开怀畅饮生命大洋之水，那么，自然有权汲取你的溪水，灌满茶杯。世上哪有比勇于接受包括恩德、仁慈在内的施舍的沙漠更大的旷野呢？

你，你是何人？致使人们敞开胸怀，揭去豪侠、自尊面具，置体面于不顾，去贪求你的施舍！

首先要看你配不配做慷慨捐施者吧！

生命本身来自生命，你能施予，这是你的光荣，不过是你的施舍品之见证。

蒙受施舍的人，则不必佯装感恩戴德，免得给自己和施舍者脖子套上枷锁。

理应让施舍品化为翅膀，施舍者与受益人一同插翅飞翔；倘使受益人自感欠下了债，那意味着怀疑行善者的慷慨。博大土地乃行善者之母，尊贵上帝是行善者之父。

友谊

你的朋友能满足你的需要。你的朋友是你的土地，你在那里怀着爱而播种，含着感谢而收获，从中得到食粮、柴草。因为你空腹投友，正为寻求温饱。倘若朋友向你畅谈思想，无论正确与否，请你务必坦率直讲。

假若你的朋友一声不吭，那么你要静听他的心声，因为在友谊里无需言词，思想和愿望会自生自长，朋友们只待一道喜采成熟果实。别离朋友之时，也无需悲伤、忧愁，因为你无比敬重他，或许因为暂别，你对他的情感更胜一筹，犹如登山者看山，比在平原看更清晰高大。你们要全心全意增进友谊，不可怀有其他目的。别有寄托的友谊，不是真正的友谊，而是撒入生活海洋里的网，到头来空收无益。

请把最宝贵的东西献给朋友！假若你生活的退潮值得向朋友讲，那么也应该让他知道涨潮情况；在这个世界上，只为消磨时间，那么，他还能算得你的朋友吗？

常到充满活力的朋友那里去，只有这样的朋友，才能满足你的需要，只有他才能驱散你心中的空虚与烦躁！让天使光临友谊的百花园！在露珠晶莹的晨曦里，人心振奋，春意盎然！

坟墓诉苦

天神路经死气沉沉的墓地，悲凉凄楚之情油然而生，仿佛看到大限将至。时值春月之夜，紫丁香花芳菲四溢，整个墓地香气扑鼻。

墓地哭了起来，坟中囚魂痛苦万状，不安于沉睡，梦想着远大前程。

天神说：“睡吧！对你们来说，坟墓再好不过，里面安静、舒服，为什么还要诉苦？你们没有发愁的事情，所有艰难都像幻影一闪而过，致使许多活着的人叹道：‘啊，死了多好！’你们睡吧，不要回想过去，也不要对往事感到遗憾。”

坟墓里传出一阵哭声，说：“地上正是明媚春天，我们难以安眠。”

其中一座坟说：“天神哪，花香透过土地扑入我的鼻孔，快把我叫醒！让我想想我心上人的模样，让我到茉莉花树下寻觅她的身影。在那里，我俩曾对坐畅谈，共度良宵。天神啊，让我站起来，我要再吻吻她的玫瑰红唇，看看她那迷人的眼睛。

“我本以为能与她死后相见，但我的希望破灭了；如今，我孑然一身，在墓中长眠。天神哪，我不能永远这样孤独下去，快让我起来看看！”

天神说：“你的情人已不在人世，茉莉花树也早已枯死，我亲眼看到最后一朵花凋谢脱枝，你还是好好地睡吧！”

说完，天神朝坟上踩了两脚，坟里发出几声呻吟，而后便默默无声了。

另一座坟哭了起来，说："我听见树叶沙沙作响，流水淙淙欢唱，我无法进入梦乡。我活着时，刚开始写一首美妙歌曲；歌曲完成，我便离开了人世。天神啊，让我起来完成这首歌曲吧！完成之后，我将把它献给世界各方，年轻母亲唱着它催儿入眠，少女唱着它迎接情郎。"

天神说："你的歌曲已经消失，只有树木还记得它，因此能听到它在柔声歌唱，望你和歌曲安睡无恙。"

说完，天神朝坟上踏了一脚，随之哭声停止。

第三座坟哭道："坟墓外光明无比，因此我毫无困意。我看到了生命之光，我周身向往它的美丽。人们给这种光起了许多名字，而我并不留意，只是喜欢其每一种形式。

"在我还是孩童时，母亲对我说：'我死之后，将永远能看到那种光明。'我原信以为真，然而墓里漆黑一团，一丝光明不见。天神哪，让我起来吧，到墓外看看！"

天神默默无语，只字未答。

"天神啊！"坟又说，"回答我吧！也许地上的光焰已经熄灭，但愿我入睡安歇。"

天神没有回答，没用脚踩，也没安慰坟中的孤魂，只是呆呆地站着，难过地垂下头，因为墓里的哭声引起了他心中共鸣，虽与之有同感，却无力使它逃离荒冢。

格言与忠告

● 调查，研究，而后写者，是四分之一作家；观察，述说者，是半个作家；感触，传达，将自己的感受告诉人们者，才是完全作家。

● 当你知道了生命的秘密时，你会想死，因为死亡是生命之最深秘密。

● 被过去的声音扼死的人，绝不能与未来对话。

● 要想看清女人的真面目，那么你就闭着双眼看吧！

● 男子爱两种女人：一种是他想象中的女人；另一种是还没有出生的女人。

● 不宽恕女人缺点的男子，也绝不知道女人的长处。

● 眼眶里晶莹闪亮的并不是泪水，真正的泪水隐藏在我们的心里。

● 人间的殡仪恰是天上的婚礼。

● 古人说：要么你为自己选择今世，要么选择来世；我说，我选择了今世和来世，因为二者都是上帝的创造，而上帝喜爱其神圣双手创造的一切。

败兮胜所伏

我的失败，我的挫折！我的孤独，我的寂寞！对我来说，你比千百个胜利更珍贵；在我心中，你比万国的嘉誉都甘美。

我的失败，我的挫折！

我的自知，我的自卑！我从你那里得知，我还是个鲁莽的青年，凋零破旧的桂冠不能吸引我；我因你而感到孤独、寂寞，饱尝了逃亡、卑贱生活的折磨。

我的失败，我的挫折！

我的锋利宝剑，我的闪光盾牌！我从你的眼神里看到：人一旦登上皇帝宝座，也就变成了奴才；人一旦了解自己的灵魂深处，生命之书便已合盖；人达完美境地之日，便是葬身入土之时；人像果实，一旦成熟，便要脱枝。

我的失败，我的挫折！你是我勇敢的友伴！只有你，才听到我的歌声、我的沉默、我的呐喊！只有你，才能对我谈起翅膀扇动、大海咆哮、火山爆发！

你，只有你才能攀登上我心中的巍峨山巅！

我的失败，我的挫折！你是我不灭的勇气！你与我一道笑迎风暴，你与我一道挖掘墓穴，你与我一道挺立在太阳光下，你与我一道担惊受怕。